몽

유

병

자

들

몽유병자들

칼릴 지브란의

철학 우화

양억관 옮김

이상북스

차례 …

미친놈

선구자

나그네

미
친
놈

친구

친구여, 나는 겉으로 보이는 그런 인간이 아니다.
겉모습은 나의 옷에 지나지 않는다. 그것은 그대의
의문으로부터 나를 지키고, 나의 무시 때문에 그대가
상처입지 않도록 세심하게 짠 하나의 겉옷에 지나지
않는다.
친구여, 내 속의 '나'는 침묵의 집에 살면서 들키지
않고 가까이할 수도 없는 그대로 영원히 거기 머물
것이다.
내가 말하는 바 그대로를 믿거나 내가 행하는 바
그대로를 신뢰하지 말라. 왜냐하면 나의 언어는
그대의 생각이 소리로 나타난 것이며, 내 행위는
실행된 그대 자신의 바람이기에.
그대가 "바람은 동쪽에서 분다"라고 하면 나도
"그렇다, 바람은 동쪽에서 불어온다"라고 말할 것이다.
내 마음이 바람에 있는 것이 아니라 바다에 있음을

그대에게 알리고 싶지 않기 때문이다. 그대는 바다를
향한 내 마음을 이해할 수 없을 것이고, 또 나는
이해받고 싶지도 않다. 나는 홀로 바다에 서고 싶다.
친구여, 그대에게는 햇빛 찬란한 낮도 내게는 밤이다.
그러나 나는 언덕 위에서 춤추는 찬란한 햇살이나
계곡에 낮게 깔리는 보라색 그림자에 대해 말한다.
왜냐하면 그대에게는 내 어둠의 노래가 들리지 않을
것이며, 별 반짝이는 하늘을 나는 내 날개가 보이지
않을 것이기에, 그리고 나는 그대에게 들려주고
싶지도 보여 주고 싶지도 않다. 나는 홀로 밤에 있고
싶다.
그대가 그대의 천국에 오를 때 나는 나의 지옥으로
내려가리니. 그때도 그대는 건널 수도 없는 심연을
넘어 나에게 외친다.
"나의 친구여, 나의 동지여."
그러면 나도 그대에게 대답한다.
"나의 친구여, 나의 동지여."
왜냐하면 그대에게 나의 지옥을 보여 주고 싶지 않기
때문이다. 지옥의 불꽃이 그대의 눈을 태울 것이며

연기가 그대의 코를 막을 것이기에. 나는 나의 지옥을 너무도 사랑하기에 그대와 같이 가고 싶지 않다. 나는 홀로 지옥에 있고 싶다.

그대는 진실과 아름다움과 정의를 사랑한다. 그대를 위해 말하느니, 이러한 것들을 사랑하는 것은 너무도 멋진 일이다. 그러나 나는 마음속으로 그대의 사랑을 비웃는다. 물론 나는 그대에게 내 웃음을 보이고 싶지 않다. 나는 혼자 웃고 싶다.

친구여, 그대는 선량하고 세심하며 현명하다. 아니, 그대는 완전하다. 나 역시 그대와 이야기할 때는 주의 깊고 현명하게 말한다. 그렇지만 나는 미쳤다. 나는 내 광기를 가면으로 감추고 있다. 나는 나의 광기를 오로지 홀로 간직하고 싶다.

친구여, 그대는 나의 친구가 아니다. 그것을 어떻게 그대에게 이해시킬 수 있을까? 나의 길은 그대의 길과 다르나, 우리가 손에 손을 잡고 함께 걸어간다는 것을.

허수아비

내가 허수아비에게 말했다.

"이렇게 홀로 밭에 서 있으면 참 힘들겠다."

그러자 허수아비는 말했다.

"까마귀를 놀라게 하는 즐거움은 깊고 영원한
것이어서 결코 지겨운 법이 없어."

나는 잠시 생각한 다음 말했다.

"그렇구나, 나도 그런 즐거움을 알고 있는데."

허수아비가 말했다.

"그 기쁨은 짚으로 가득 찬 자만이 이해할 수 있는
것이야."

허수아비가 나를 나무란 건지 칭찬한 건지도 모른 채
나는 그 자리를 떠났다. 한 해가 지나고 어느새
허수아비는 철학자가 되었다.

다시 내가 허수아비의 곁을 지나갔을 때, 두 마리
까마귀가 허수아비 모자 밑에 둥지를 틀고 있었다.

몽유병자들

내가 사는 마을에 잠을 자며 거리를 방황하는 모녀가
있었다.

어느 날 밤, 정적이 이 세상을 감싸고 있을 때, 잠든 채
걷던 어머니와 딸이 안개로 뒤덮인 집 정원에서
만났다.

어머니가 말했다.

"드디어, 드디어, 여기서 만났구나. 이 원수! 너는 내
청춘을 짓밟고 내 허물어진 육체 위에 너의 생명을
꽃피웠다! 죽여 버리고 싶어!"

그러자 딸이 말했다.

"아아, 이 꼴 보기 싫은 늙어빠진 여자! 내 자유를
산산이 부수어 버린 계집! 내 인생을 별 볼일 없는
네 인생의 복제판으로 만들었잖아. 너 같은 건
죽어 버리는 게 나아!"

그때 수탉이 때를 알리자 두 사람은 눈을 떴다.

어머니는 부드럽게 말했다.

"아, 너였니?"

딸도 얌전하게 대답했다.

"응, 엄마."

영리한 개

어느 날 한 무리 고양이 곁을 영리한 개가 지나갔다.
고양이들은 무언가에 열중해 개에게 신경 쓰지
않았다. 개가 멈추었다.

그때 고양이 무리 중에서 괴상하게 생긴 고양이
한 놈이 일어나 말했다.

"형제들이여, 기도하라. 의심하지 말고 온 마음을 다
바쳐 몇 번이고 기도하라. 그러면 반드시 하늘에서
쥐가 떨어질 것이다."

그것을 보고 개는 마음속으로 웃으며 고양이들 곁을
떠나면서 말했다.

"이 멍청한 고양이 녀석들. 기도와 신앙과 소망으로
하늘로부터 주어지는 것이 무언지도 모르다니. 그런
건 이미 신문에 다 나와 있어. 나와 내 조상들은 모두
잘 알고 있지. 그것은 쥐가 아니라 뼈다귀라는 것을."

미친놈

내가 어떻게 미친놈이 되었느냐고? 그 사연은
이렇다.

신들도 태어나지 않았던 까마득하게 먼 어느 옛날.
깊은 잠에서 깨어난 나는 일곱 번의 윤회전생을 통해
다듬고 다듬어 덮어쓰고 있던 가면을 몽땅 도둑맞아
버렸다는 것을 알았다. 맨얼굴로 붐비는 길을 달리며
난 외쳤다.

"도둑이야, 도둑이야, 뻔뻔스러운 도둑이야!"
사람들은 나를 보고 웃었다. 무서워 집 안으로
도망가는 사람도 있었다. 시장 거리에 들어서자
지붕에서 한 젊은이가 외쳤다.

"저 미친놈!"
그 젊은이를 보려고 고개를 드는데 때마침 태양이
나에게 입을 맞추었고, 맨얼굴에 처음 태양이 닿는
순간 내 혼은 태양을 향한 사랑으로 불타올랐다.

이제 가면은 필요 없다. 나는 신들린 듯이 외쳤다.

"행복하라, 내 가면을 훔친 도둑에게 축복 있으라!"

이렇게 하여 나는 미친놈이 되었다. 나는 광기 속에서 오히려 자유와 안락을 찾았다. 그것은 고독하기에 얻을 수 있는 자유, 이해받지 못하기에 얻을 수 있는 안락이었다. 왜냐하면 우리를 이해하는 사람은 우리 내면의 무언가를 구속하므로.

그러나 스스로의 안락을 너무 자만하지는 말자. 감옥 속의 도둑도 다른 도둑들로부터 자유로우니.

신

태초에 나의 입술에 최초의 떨림이 찾아왔을 때, 나는
저 성스러운 산에 올라 신에게 외쳤다.
"주인이시여, 저는 당신의 종입니다. 당신의 은밀한 그
마음은 제가 지켜야 할 계율이기에, 저는 영원히
당신을 따르겠나이다."
그렇지만 신의 음성은 들리지 않았고 다만 세찬
바람만이 내 주위를 스쳐 지나갔다.
그로부터 천 년이 지난 후, 나는 저 성스러운 산에
다시 올라 신에게 외쳤다.
"조물주여, 저는 당신의 피조물입니다. 당신은
흙덩어리에서 저를 빚으셨나이다. 저의 모든 것은
당신께서 주신 것입니다."
이번에도 신의 음성은 들리지 않았고, 다만 천 개의
날개를 단 빠른 새 같은 그림자가 내 눈앞을 지나갔다.
또 천 년이 지난 후, 나는 저 성스러운 산에 올라 신을

불렀다.

"아버지시여, 저는 당신의 아들입니다. 연민과
사랑으로 당신은 저에게 생명을 불어넣으셨나이다.
사랑과 예배를 통해 저는 당신의 왕국을 이어갈
것입니다."

이번에도 신의 음성은 들리지 않았고, 저 멀리 언덕을
뒤덮고 있는 안개 같은 희미한 형상만이 어른거렸다.

다시 천 년이 지난 후, 나는 저 성스러운 산에 올라
신을 불렀다.

"저의 신이여, 저의 목적이며 저의 완성인 신이시여,
저는 당신의 어제이며, 당신은 저의 내일이나이다.
저는 대지에 뿌리내린 당신의 뿌리이며 당신은 하늘에
피어난 한 송이 꽃이십니다. 햇빛에 몸 적시며 함께
뻗어 나가야 하나이다."

그러자 내 귀에 감미로운 신의 음성이 들려왔다.

이어서 바다로 흘러가는 작은 개울을 감싸는 것과도
같은 부드러운 힘이 나를 끌어안았다.

그리하여 계곡을 지나 평원에 내려섰을 때, 거기 신이
있었다.

두 사람의 은자

마을에서 멀리 떨어진 산 위에 두 사람의 은자가 살고
있었다. 그들은 신을 예배하며 서로 사랑했다.

두 은자는 흙으로 빚은 밥그릇 하나를 가지고 있었다.
그것이 그들의 유일한 재산이었다.

어느 날 나이 든 은자의 마음에 악령이 스며들었다.

악령에 씐 그가 후배 은자에게 말했다.

"우리는 너무 오랫동안 함께 살았어. 이제 헤어질 때가
됐어. 가진 것을 모두 똑같이 나누기로 하지."

후배 은자가 슬픈 얼굴로 말했다.

"여기를 떠나신다니 너무 슬픕니다. 그러나 기어이
가신다면 어쩔 수 없지요."

그는 흙으로 빚은 밥그릇을 가져와 선배 은자에게
건네주며 말했다.

"이건 자를 수도 없어요. 그냥 가져가세요."

선배 은자가 말했다.

"나는 적선을 받고 싶은 게 아니야. 나는 내 몫만
챙기면 돼. 밥그릇을 자르자고."

후배 은자가 말했다.

"깨어진 밥그릇은 선배한테도 나한테도 소용이
없어요. 정 그렇다면 제비뽑기로 정해요."

선배 은자가 다시 말했다.

"나는 정의와 나의 몫을 지키고 싶어. 정의와 내 몫을
쓰잘데없는 도박에 걸고 싶지 않아. 이 밥그릇은
반드시 잘라야 해."

후배 은자는 설득한들 소용이 없다는 것을 알고
이렇게 말했다.

"비록 깨어진 그릇이라도 선배 몫을 챙기고 싶다면
그렇게 하도록 해요."

그러나 선배 은자가 험악한 표정을 지으며 외쳤다.

"이 불쌍한 겁쟁이 놈, 너는 왜 싸울 생각을 않는
거냐?"

일곱 개의 분신

밤의 가장 조용한 시각, 내가 옆으로 누워 반쯤 몽롱한
상태에 빠졌을 때, 내 마음속에 도사리고 있는 일곱
개의 분신들이 서로 속삭이는 소리를 들었다.

제1 분신: 여기 이 미친놈 속에서 줄곧 살아오며 내가
하는 일이란 낮에는 고통을 새롭게 하고 밤에는
이놈의 슬픔을 재현하는 것뿐이야. 더는 이런 운명을
견딜 수 없어. 지금부터 반역을 일으킬 거야.

제2 분신: 형제여, 자네 운명은 나보다는 나아. 나는 이
미친놈의 기쁨이라는 운명을 짊어지고 있지. 난
이놈이 웃을 때 같이 웃으면서 놈의 행복한 시간을
노래해야 해. 그리고 몇 겹의 날개 달린 다리로 이놈의
밝은 생각을 춤추어야 하고. 너무 처량해서 반역을
일으키고 싶은 건 바로 나라니까.

제3 분신: 그러면 나는 어떡하라고? 사랑에 눈멀고
거친 격정과 날뛰는 욕망으로 불타는 횃불 같은 나는?

이 미친놈에게 반역을 일으킨다면 사랑에 병든 분신인
내가 맨 먼저 나설 거야.

제4 분신: 우리들 가운데서 내가 가장 비참해.
왜냐하면 내게는 음흉한 증오심과 파괴적인
혐오감뿐이거든. 나는 지옥의 암흑 굴에서 태어난 존재,
나야말로 이 미친놈에게 봉사해야 하는 이 현실을
뒤엎어 버리고 싶어.

제5 분신: 아니, 그건 바로 나야. 사고와 몽상으로
가득 차 배고프고 목마르며, 끊임없이 미지의 것과
아직 이루어지지 않은 것을 찾아 헤매는 운명을
부여받은 나. 반역은 너희들의 것이 아니라 바로 내
것이야.

제6 분신: 늘 일만 해야 하는 불쌍한 노동자의 고된
손과 동경에 가득 찬 눈으로 하루하루를 이미지로
떠올리며 형태 없는 것에 영원한 형태를 부여하는 나,
그렇게 고독한 나야말로 안락을 모르는 이 미친놈에게
반역하고 싶어.

제7 분신: 자네들 모두가 이놈한테 반역하고 싶다니
그것 참 묘한 일 아닌가. 자네들은 모두 나름대로

살아야 할 자신의 숙명을 갖고 있지 않은가. 아아!
나도 자네들처럼 정해진 운명을 가진 분신일 수
있다면! 난 아무것도 아냐. 아무 할 일이 없어. 장소도
없고 시간도 없이 그냥 텅 비어 있을 뿐.

친구들이여, 도대체 반역을 일으켜야 할 사람은
그대들인가 아니면 나인가?

제7 분신이 이렇게 말하자 다른 여섯 개의 분신들은
그를 불쌍하다는 듯이 쳐다볼 뿐 더는 아무 말도 하지
않았다. 그리고 밤이 깊어 가면서 하나하나 새로운
복종의 기쁨에 감싸여 잠에 빠져 들었다.

그러나 제7 분신은 모든 것의 배후에 있는 무(無)를
끝도 없이 바라보고 있었다.

전쟁

어느 날 밤 왕궁에서 잔치가 열렸다. 거기에 한 사나이가 나타나 왕 앞으로 나아가더니 엎드려 절했다. 잔치에 참석한 모든 사람들이 그 사나이를 바라보았다. 사나이의 한쪽 눈은 빠져 있었고, 휑하니 뚫린 구멍에서 피가 흘렀다. 왕이 물었다.

"네게 무슨 일이 있었느냐?"

사나이가 대답했다.

"왕이시여, 저는 도둑질을 업으로 삼고 있나이다. 오늘 밤은 달도 없고 해서 전당포를 털러 갔습지요. 벽을 타고 올라가 가게로 들어가려 했습니다만 그만 잘못해 베 짜는 사람 집으로 들어가고 말았습니다. 그리고 캄캄한 어둠 속에서 저는 베틀에 부딪혀 눈을 잃었습니다. 왕이시여, 저는 지금 베 짜는 사람에게 정의의 철퇴를 내려 주실 것을 감히 요구하나이다."

왕은 베 짜는 사람을 불렀다. 그가 오자 왕은 그의

한쪽 눈을 뽑으라고 명했다.

"왕이시여!" 하고 베 짜는 사람이 말했다.

"그 판결은 부당하십니다. 아아! 저는 제가 짠 천의
양면을 보려면 두 눈이 다 필요합니다. 제 옆집에
구두장이가 살고 있습니다. 그에게도 두 눈이 있는데,
그는 직업상 두 눈이 다 필요한 건 아닌 줄 아옵니다."

왕은 구두장이를 불렀다. 구두장이가 오자 그들은
그의 한쪽 눈을 뽑아 버렸다.

이렇게 해서 정의가 실현되었다.

여우

한 마리 여우가 해가 떠오를 무렵 자신의 그림자를
보고 말했다.
"오늘 점심은 낙타로 해야지."
여우는 오전 내내 낙타를 찾아 헤맸다. 그리고 정오가
되었을 때 여우는 다시 자신의 그림자를 보고 말했다.
"쥐라도 좋지 않겠어?"

현명한 왕

옛날에 힘세고 현명한 왕이 위라니라는 도시를
통치하고 있었다. 왕은 그 힘으로 위엄을 세웠고,
현명함으로 사랑받았다.

그 도시 중심에 우물이 하나 있었는데, 물은 차갑고
수정처럼 투명했다. 주민과 왕과 신하들은 모두 그
물을 마셨다. 그 도시에는 다른 우물이 없었으므로.

어느 날 밤 모두 잠든 사이 마녀가 조용히 도시에
스며들었다. 마녀는 우물에 이상한 액체를 일곱 방울
떨어뜨리며 말했다.

"이제 이 우물물을 마시는 자는 모두 미쳐 버릴
것이다."

다음날 아침 왕과 시종장을 제외한 도시의 주민
모두가 우물물을 마시고 마녀가 말한 대로 미쳐
버렸다.

그날 모두 미쳐 버린 주민들은 길거리나 시장에 모여

이렇게 수군댔다.

"왕이 미쳤어. 시종장도 미쳤어. 이렇게 미친 왕의 지배를 받을 수는 없지. 왕을 퇴위시키자."

그날 저녁, 왕은 금잔에 우물물을 떠오라고 말했다. 잔을 받은 왕은 단숨에 물을 마셨다. 왕에게 잔을 받아든 시종장도 그것을 마셨다.

그리하여 위라니라는 도시에는 다시 커다란 환희가 터져 나왔다. 왕과 시종장이 제정신을 찾았으므로.

야심

세 사나이가 선술집 테이블에 함께 앉았다. 한 사람은
베 짜는 직공, 한 사람은 목수, 한 사람은 농부였다.
직공이 말했다.

"오늘 멋진 린넨 천을 금화 두 개에 팔았어. 포도주를
마음껏 마시자고."

"나도"라고 목수가 말했다.

"비싼 관을 팔았어. 포도주와 큼직한 바비큐를
먹자고."

"나는 묘를 판 것뿐이지만…" 하고 농부가 말했다.

"돈을 두 배나 받았어. 벌꿀과자도 먹지 뭐."

사내들이 포도주와 고기와 케이크를 많이 주문해서
이날 밤 내내 술집은 바빴다. 손님들은 기분 좋게
들떠 있었다.

술집 주인은 손을 부비며 자기 아내에게 미소를
보냈다. 손님들이 돈을 아끼지 않았기 때문이다.

선술집 주인과 부인은 가게 앞에 서서 멀어져 가는
손님들의 뒷모습을 전송했다.

손님들이 가게를 떠났을 때는 달이 높이 솟아 있었다.
그들은 함께 노래하며 거리로 걸어 나갔다.

"아아!"하고 부인이 탄성을 내뱉었다.

"멋진 분들이셔. 기분파에다가 모두 좋은 사람들이야.
매일 오늘처럼만 손님이 와 준다면, 그럼 우리 아들은
선술집 주인이 되지 않을 텐데. 또 이렇게 바쁘게 서서
일할 필요도 없을 텐데. 우리 아들을 훌륭하게
교육시켜 신부님으로 만들 수도 있을 텐데."

새로운 즐거움

어젯밤 나는 새로운 즐거움을 고안해 냈다.

그 즐거움을 처음으로 시험하고 있는데 천사와 악마가

내 집으로 달려왔다. 문 앞에서 얼굴을 마주친 천사와

악마는 내가 고안해 낸 새로운 즐거움 때문에 서로

싸우기 시작했다. 한쪽이 외쳤다.

"그것은 죄악이다!"

다른 한쪽이 외쳤다.

"그것은 미덕이다!"

다른 세계의 언어

이 세상에 태어나고서 사흘 뒤, 비단 요람 안에서 얼이
빠져 놀란 눈으로 내 주위에 펼쳐진 새로운 세계를
둘러보고 있는데 어머니가 유모에게 물었다.
"아기는 어때?"
그러자 유모가 대답했다.
"사모님, 아기는 건강합니다. 하루에 세 번 우유를
먹이고 있고요. 이렇게 건강하게 자라는 아기는 여태
본 적이 없습니다."
나는 분개해서 외쳤다.
"엄마 거짓말이야. 이불은 딱딱하고, 우유는 쓰고,
젖에서는 냄새가 나. 나 지금 무지 비참해."
그러나 엄마도 유모도 내 외침을 이해하지 못했다.
왜냐하면 나의 말은 내가 원래 속했던 세계의
말이었기 때문이다.
나는 인생의 스물한 번째 날에 그리스도교 세례를

받았다. 그때 목사가 어머니에게 말했다.

"부인은 정말 행복하신 분이세요. 아들이
그리스도교도로 태어났으니까요."

나는 너무 놀라 목사에게 말했다.

"그렇다면 천국에 있는 당신 어머니는 몹시 불행한
사람일 거야. 왜냐하면 당신은 그리스도교도로
태어나지 않았으니까."

그러나 목사는 아직 나의 말을 이해하지 못했다.

그로부터 7개월이 지난 어느 날 점쟁이가 나를 보고서
어머니에게 이렇게 말했다.

"당신 아들은 인민의 위대한 정치 지도자가
될 것입니다."

나는 큰 소리로 외쳤다.

"저 예언은 거짓말이야. 나는 음악가가 될 거야.
그것 외에는 아무것도 하기 싫어."

그렇지만 그 나이가 된 나의 말도 이해되지 않았다.

나의 놀라움은 점점 커졌다.

그로부터 30년하고 3년이 지나는 사이 어머니도
유모도 목사도 죽고(그들의 영혼에 신의 가호가 함께하기를)

점쟁이만이 살아 있었다. 어제 사원 문 옆에서 나는
그 점쟁이를 만났다. 우리는 함께 이야기를 나누었다.
그가 말했다.

"당신이 위대한 음악가가 되리란 걸 난 훨씬 이전부터
알고 있었지요. 당신이 아직 어릴 때 나는 이미 당신의
미래를 예언하고 예고했어요."

나는 그의 말을 믿었다. 왜냐하면 그때는 이미 나도
원래 내가 속해 있던 세계의 말을 모두 잊어버렸기에.

석류

옛날 내가 석류 열매 안에 살았을 때, 석류 씨 하나가 이렇게 말하는 것을 들었다.

"언제나 난 한 그루 나무가 될까. 바람이 내 가지에서 노래하고, 햇살이 내 이파리 위에서 춤추는 그런 나무가. 그러면 나는 사계절 내내 건강하고 아름답게 존재할 수 있을 텐데."

다른 씨앗이 말했다.

"나도 너처럼 젊은 시절에는 그런 꿈을 가졌더랬지. 하지만 이제 나는 사물을 있는 그대로 올바르게 바라볼 수 있기에 그런 희망이 허무한 것임을 알아."

세 번째 씨앗이 말했다.

"난 그런 멋진 미래를 약속해 주는 무엇이 있다고는 생각할 수도 없어."

네 번째 씨앗이 말했다.

"보다 나은 미래가 없다고 한다면, 우리 인생은 너무

허망해!"

다섯 번째가 말했다.

"우리가 미래에 무엇이 될 것인가에 대해 싸울 필요가
있을까? 지금 우리가 무엇인지도 모르면서."

여섯 번째가 말했다.

"우리가 그 무엇이라 하더라도 우리는 언제까지고
우리야."

일곱 번째가 말했다.

"나는 만물이 어떻게 될 것임을 명확히 알지만 그것을
말로 표현할 수가 없어."

여덟 번째 씨앗이 떠들었고, 아홉 번째, 열 번째가,
그리고 떼거지로 한꺼번에 떠들기 시작했다. 너무도
많은 목소리 때문에 나는 아무것도 알아들을 수
없었다.

그래서 나는 마르멜로 열매 속으로 이사했다.

마르멜로 열매에는 씨앗이 거의 없어 아주 조용했다.

세 마리 개미

햇살 아래 누워 잠든 한 남자의 코 위에서 개미
세 마리가 만났다. 개미들은 각각 자기 종족의 예의에
맞는 인사를 주고받더니 그곳에서 이야기를 시작했다.
첫 번째 개미가 말했다.

"이 언덕과 평원은 내가 아는 가장 불모의 언덕이야.
무슨 곡식 낱알이라도 없나 하고 하루 종일
찾아봤는데 아무것도 없어."

두 번째 개미가 말했다.

"나도 이곳을 구석구석 탐색해 보았는데 역시
아무것도 발견할 수 없었어. 생각건대 우리 동족이
부드럽게 움직이는 대지라고 부르는 불모의 땅이
분명해."

세 번째 개미가 얼굴을 들고 말했다.

"친구들이여, 우리는 지금 지고의 개미, 강하고 무한한
개미의 콧등에 있는 거야. 그의 몸은 너무도 커서 볼

수 없고, 그 그림자 역시 너무 거대해 다다르지 않는 곳이 없지. 그의 목소리는 너무 커서 들을 수가 없고. 그리고 그는 모든 곳에 존재하지."

세 번째 개미가 이렇게 말하자 다른 두 마리 개미는 서로 얼굴을 쳐다보며 웃었다.

그때 남자가 잠이 든 채 몸을 뒤척이다가 손으로 코를 쓸어버리자 세 마리 개미는 눌려 죽고 말았다.

사원의 계단에서

어젯밤, 사원의 대리석 계단에서 두 남자에게
둘러싸인 채 바닥에 주저앉은 여자를 보았다.
얼굴 한쪽은 창백했고, 다른 한쪽은 홍조를 띠고
있었다.

축복받은 도시

내 젊은 시절에, 주민 모두가 성전(聖典)의 가르침에
따라 살아가는 도시가 있다는 이야기를 들었다.
나는 결심했다.
"그 도시와 그곳의 행복을 찾아보리라."
그 도시는 멀고 먼 곳에 있었다. 나는 여행을 떠날
준비를 했다. 그리고 여행을 떠난 지 40일째 그 도시를
보았고, 41일째 그 도시에 도착했다.
그런데 이게 무슨 일인가! 주민들이 하나같이 한쪽
눈과 한쪽 팔이 없는 것 아닌가. 나는 깜짝 놀라
마음속으로 생각했다.
'이 성스러운 도시 사람들은 모두 한쪽 눈과 한쪽
팔밖에 없단 말인가?'
도시의 주민들 또한 내 두 눈과 팔을 보고 깜짝
놀랐다. 나는 모여서 웅성거리는 사람들에게 다가가
물었다.

"여기가 정말 한 사람 한 사람이 다 성전의 가르침에
따라 살아간다는 그 성스러운 도시입니까?"
그들이 말했다.

"그렇습니다. 여기가 바로 그 도시입니다."

"그렇다면, 도대체 당신들의 몸에 무슨 일이 일어난
것입니까? 당신들의 오른쪽 눈과 팔은 어떻게 된
것입니까?"

그러자 그들은 움직였다. 그리고 말했다.

"이리로 와서 보면 알 것이오."

그들은 도시 한복판에 있는 사원으로 나를 안내했다.
사원 안에는 눈알과 팔이 산처럼 쌓여 있었다.
그것들은 모두 말라 있었다. 나는 말했다.

"이것이 무슨 변괴인가! 도대체 누가 당신들에게
이렇게 잔혹한 짓을 했단 말이오?"

사람들 사이에서 웅성거림이 일었다. 그리고 그들
가운데 나이 든 한 사람이 앞으로 나와 말했다.

"이것은 우리들 자신이 한 일입니다. 신은 우리로
하여금 우리에게 내재하는 악을 정복하게
하셨습니다."

그는 나를 높은 계단으로 안내했다.

사람들이 우리를 뒤따랐다.

그는 제단 위에 새겨진 비문을 가리켰다. 거기에는
이렇게 씌어 있었다.

"만일 오른쪽 눈이 그대의 마음을 거스른다면 그것을
뽑아야 하리라. 두 눈 가운데 하나를 잃고 온몸이
지옥에 떨어지지 않을 수만 있다면, 이 또한 이득이
아닌가. 만일 오른 팔이 그대의 마음을 상하게 한다면
그것을 잘라야 하리니, 두 팔 가운데 하나를 잃고
온몸이 지옥에 떨어지지 않을 수 있다면 그 또한
이득이 아닌가."

그것을 읽고 나는 사정을 이해할 수 있었다. 나는
사람들을 돌아보고 이렇게 외쳤다.

"당신들 가운데 두 눈과 두 팔을 다 가진 사람은
없나요?"

그들은 대답했다.

"한 사람도 없습니다. 아직 어려서 성전에 쓰인 계율을
이해하지 못하는 어린아이들 말고는."

사람들과 함께 사원을 나온 후 나는 곧바로 그

축복받은 도시를 떠났다.

왜냐하면 나는 어린아이가 아니어서가 아니라, 성전을 읽을 수 있었기 때문이다.

좌절

좌절이여, 나의 고독이며 나의 고고함이여
그대는 일천 번의 승리보다 사랑스럽고
이 세상의 어떤 영광보다 달콤하다.

나의 자각이며 나의 도전인 좌절이여,
그대를 통해 나는 알 수 있노라.
변해 가는 승리의 월계수에 사로잡혀 있기에는
난 너무도 젊고 발이 빠르다는 것을,
그리고 그대 속에서 내가 혼자라는 것을,
버림받고 경멸받는다는 것의 기쁨을 알았노라.

나의 빛나는 칼이며 방패인 좌절이여,
그대의 눈동자 속에서 나는 보았노라.
옥좌에 앉는 것은 예속이며
이해받는다는 것은 길들여진다는 것이며

파악된다는 것은 익는 것에 지나지 않으며
결국 익은 과실처럼 떨어져 먹힐 뿐이라는 것을.

나의 용감한 친구인 좌절이여,
그대에게 나의 수많은 노래와 절규, 침묵을
들려주리라.
많은 날개의 퍼덕임과
밀려와 굽이치는 파도
밤마다 불타오르는 산들을 이야기하는 그대에게만 귀
기울이리라
그리고 험준하게 우뚝 솟은 나의 혼에 그대만을
오르게 하리라.

결코 죽음을 모르는 용기의 좌절이여,
그대와 나는 비바람 속에서 함께 웃고
우리 속에서 죽어 갈 모든 것을 위해 함께 무덤을 파고
햇살 아래 당당히 서서
위험한 무엇이 되지 않으려는가.

밤과 미치광이

"나는 너와 닮았다. 아아 밤이여, 너처럼 어둡고
벌거벗었다. 나는 스스로의 백일몽 속에서 타오르듯
길을 간다. 그리고 내 다리가 대지를 밟을 때, 언제나
거기에서 꾸지나무의 커다란 몸이 자란다."

"아니야. 넌 나와는 달라, 아아 이 미친놈아. 왜냐하면
넌 아직 모래 위에 남겨진 네 발자국이 얼마나 큰지
뒤돌아보기에."

"나는 너와 닮았다. 아아 친구여, 너처럼 조용하고
깊다. 내 고독의 깊은 곳에서 여신이 아이를 낳는다.
태어나는 그 아이 속에서 천국이 지옥을 만난다."

"아니야. 넌 나와는 달라, 아아 이 미친놈아. 왜냐하면
넌 아직 고통 앞에 서서 몸을 떨고 심연의 노래를
두려워하기에."

"나는 너와 닮았다. 아아 밤이여, 너처럼 야만스럽고
무섭다. 내 귀에는 정복당한 나라들의 절규와 잊혀진

땅의 한숨이 가득 차 있다."

"아니야. 넌 나와는 달라, 아아 이 미친놈아. 왜냐하면
넌 아직 보잘것없는 자기 자신을 동반자로 생각하고,
괴물 같은 자기와 친해질 수 없기 때문에."

"나는 너와 닮았다. 아아 밤이여, 너처럼 잔혹하고
두렵다. 내 가슴은 바다 위에서 타오르는 배의 빛을
받고, 입술에서는 죽임당한 전사의 피가 방울방울
떨어진다."

"아니야. 넌 나와는 달라, 아아 이 미친놈아. 넌 아직
연인의 혼을 좇고, 아직도 스스로를 법으로 삼지
않으므로."

"난 너와 닮았다. 아아 밤이여, 너처럼 즐겁게
살아간다. 왜냐하면 나의 그림자에 사는 사내는 갓
빚은 포도주에 취하고, 나를 따르는 여인은 즐겁게
죄를 범한다."

"아니야. 넌 나와는 달라, 아아 이 미친놈아. 왜냐하면
네 혼은 일곱 겹으로 주름진 베일에 감싸였고, 넌
자신의 마음을 그 손으로 쥔 적이 없기에."

"난 너와 닮았다. 아아 밤이여, 너처럼 참을성 있고

열정적이다. 왜냐하면 내 가슴속에는 애달프게
입맞추며 하얀 수의에 감싸여 파묻힌 수많은 죽음의
연인들이 잠들어 있다."

"그래. 미친놈아, 네가 나를 닮았어? 네가 나와
비슷해? 너는 비바람을 준마 삼아 달릴 수 있는가?
번갯불을 검으로 휘두를 수 있는가?"

"너처럼, 아아 밤이여, 너처럼 나는 힘차고 숭고하다.
내 옥좌는 타락한 수많은 신들 위에 세워진 것이다.
그리고 낮에는 매일같이 내 앞을 지나가지만 내
옷자락에 입맞출 뿐 그들은 결코 얼굴을 들지 못한다."

"네가 나를 닮았어? 나의 가장 어두운 마음에서
태어난 아들이여, 너는 길들일 수 없는 내 마음을
충동질하고, 끝도 없는 나의 언어를 말할 수 있는가?"

"그렇고말고, 우리는 쌍둥이, 아아 밤이여. 너는
우주를 열고, 나는 자신의 혼을 열어 보이기에."

더 큰 바다

나는 나의 혼과 함께 큰 바다로 해수욕을 갔다. 해변에
도착해 우리는 사람들의 눈에 띄지 않을 은밀한
곳으로 가서 이리저리 거닐었다.

걷는 동안 우리는 회색의 바위에 앉은 사내를 만났다.
그 사내는 봉지에 든 소금을 한 줌 집어서 바다로
던지고 있었다.

"이 사람은 염세주의자"라고 나의 혼이 말했다.

"다른 곳으로 가요. 이런 곳에서 수영할 수는 없어요."

우리는 다시 걸어 강 입구에 도착했다. 거기에서
우리는 하얀 바위에 앉은 사내를 만났다. 그 사내는
군데군데 보석이 박힌 상자에서 설탕을 한 줌 쥐어
바다로 던지고 있었다.

"이번에는 낙관주의자"라고 나의 혼이 말했다.

"이 사람에게도 우리의 벌거벗은 모습을 보일 수
없어요."

우리는 또 걸었다. 해변에서 죽은 물고기를 주워

바다로 던지는 사람을 만났다.

"이 사람 앞에서도 수영을 할 수 없어요"라고 나의

혼이 말했다.

"이 사람은 자비로운 박애주의자니까요."

우리는 그곳을 떠났다. 이어서 우리는 모래 위에 깔린

자신의 그림자 윤곽을 뜨는 사내를 만났다. 큰 파도가

덮쳐서 선을 지워 버렸지만 사나이는 계속 그렸다.

"저 사람은 신비주의자예요"라고 내 혼이 말했다.

"그에게서도 떠나야 해요."

우리는 걸었다. 조용한 벼랑 아래 구덩이에 이르렀다.

거기서 우리는 물거품을 손으로 떠서 대리석 그릇에

담는 사내를 보았다.

"그는 이상주의자예요"라고 혼이 말했다.

"물론 그에게도 우리의 벌거벗은 모습을 보여서는 안

돼요."

우리는 걸었다. 갑자기 외침이 들려왔다.

"이것은 바다다. 깊은 바다다. 넓고도 거대한 바다다."

그 목소리가 들리는 곳에 이르러 보니, 바다를 뒤로

하고 한 사내가 외치고 있었다. 그는 조개를 귀에 대고
그 속삭임을 들었다.

내 혼이 말했다.

"가요. 현실주의자예요. 자신이 알 수 없는 전체에
등을 돌리고 조그만 쪼가리에 마음을 빼앗겼어요."

우리는 거기를 지나쳤다. 그러자 이번에는 바위 사이
잡초만 무성한 곳에서 모래 속에 머리를 파묻은
사내가 있었다. 내가 말했다.

"여기라면 수영할 수 있겠어. 저 사내는 우리를 볼 수
없으니까."

"안 돼요"라고 혼이 말했다.

"저 사내는 모든 인간 중에서도 가장 비열한
청교도라니까요."

그런 다음 나의 혼은 큰 슬픔으로 얼굴이 어두워졌다.
그것이 그녀의 목소리마저 변하게 했다.

"앞으로 가요"라고 그녀는 말했다.

"여기에는 우리가 수영할 만한 은밀한 장소가 없어요.
이곳의 바람에 우리의 황금 머리칼을 휘날리거나
이곳의 공기에 순백의 가슴을 드러내고 이곳의 빛에

신성한 몸을 드러내고 싶지 않아요."

그리고 우리는 더 큰 바다를 찾아 그곳을 떠났다.

십자가 형벌

나는 사람들에게 외쳤다. "나를 십자가에
못박아다오!"
그들이 말했다. "무엇 때문에 우리가 당신의 피를
머리에 떨어뜨려야 한단 말이오?"
나는 말했다. "미친놈을 십자가에 못박지 않고
그대들이 더 높이 오를 수 있단 말인가?"
그들은 나의 말을 받아들여 나를 십자가에 못박았다.
그래서 나는 마음의 위안을 얻었다.
내가 하늘과 땅 사이에 매달렸을 때 사람들은 나를
보려고 고개를 들었다. 이렇게 해서 그들은 더 높이
오를 수 있었다. 왜냐하면 그들의 얼굴은 지금까지
한 번도 위를 향한 적이 없었으므로. 사람들이 멈추어
서서 나를 올려다보고 있을 때, 어떤 자가 나를 향해
외쳤다.
"당신은 무슨 죄를 지었소?"

다른 사람이 외쳤다.

"무슨 이유로 당신은 자신을 희생하는 거요?"

세 번째 사람이 외쳤다.

"당신은 자신의 몸을 희생해 세계의 영광을 사려는
것이오?"

네 번째 사람이 외쳤다.

"보라, 저 사나이의 미소를! 그는 저 끔찍한 고통을
오히려 즐기고 있지 않은가."

나는 그들에게 말했다.

"내가 미소 지었다는 것만을 기억하라. 나는 죄를 지은
것도 아니고, 내 몸을 희생하려는 것도 아니며, 세계의
영광을 구한 것도 아니다. 내게 허락된 것이라고는
아무것도 없다. 나는 목이 말랐을 뿐이다. 그래서 내가
나의 피를 마실 수 있도록 너희에게 부탁한 것이다.
자신의 피 외에 미친놈의 갈증을 풀어 줄 것이 달리
어디 있겠는가? 나는 말을 잘하지 못한다. 그래서 말
대신 상처를 택했다. 나는 너희의 밤과 낮에 갇혀
있었다. 나는 보다 큰 밤과 낮의 문을 갈망했다. 이제
나는 그곳을 향해 가노라. 십자가에 못박혀 가 버린

수많은 사람들처럼. 우리 미친놈들이 십자가 형벌을
지겨워한다고 생각지 말라. 미친놈은 십자가에
매달려야 하는 운명의 존재다. 더 위대한, 무엇보다도
위대한 이 하늘과 땅 사이에."

천문학자

친구와 걷고 있는데 사원 기둥 옆에 한 맹인이 앉아 있었다. 친구가 내게 말했다.

"보라, 그가 이 나라에서 첫째 가는 현자다."

나는 친구와 헤어져 그 맹인에게 다가갔다. 인사를 한 다음 나는 그와 이야기를 나누었다.

잠시 후 나는 물었다.

"어리석은 질문을 용서해 주시오. 당신은 언제부터 눈이 보이지 않게 되었나요?"

"나는 날 때부터 눈이 멀어 있었다오." 그가 말했다.

나는 물었다.

"그런데 어떻게 현자가 되었나요?"

그가 말했다.

"나는 천문학자요."

그는 손을 가슴에 갖다 대고 말했다.

"나는 달과 별과 태양을 모두 볼 수 있지."

열망

여기에 나는 앉아 있다. 형 같은 산과 누나 같은 바다
사이에 자리를 잡고.

우리 셋은 고독 속에서 하나다. 우리를 하나로
이어주는 사랑은 깊고 강하고 기묘하다. 아니
그것만이 아니다. 그 사랑은 바다보다 깊고, 산보다
강하며, 광기보다 기묘하다.

처음으로 회색빛 하늘이 개면서 우리는 서로의 모습을
보게 되었고, 우리 사이로 영원히 이어지는 무한의
시간이 지나갔다. 무수한 세계가 태어나서 자라고 또
죽어 가는 것을 보았지만, 우리는 여전히 열정적이고
젊디젊다.

열정적이고 젊디젊지만 우리에게는 반려도 없고
찾아오는 자도 없다. 끊임없이 반쯤은 서로를
끌어안고 있어도 우리의 마음은 채워지지 않는다.
억제된 요구와 나갈 길 없는 열정에 어찌 만족이

있겠는가?

언제나 누나의 자리를 따뜻하게 데워 줄 불타는 신이
찾아올 것인가? 어떤 비바람의 여신이 형의 분화를
잠재울 것인가? 그리고 어떤 여인이 내 마음을 빼앗을
것인가?

밤의 정적 속에 잠든 누나는 아직 보이지 않는 화염의
신 이름을 중얼거리고, 형은 저편에서 올 차가운
여신을 나직한 목소리로 부른다. 그러나 잠에 빠진
내가 누구를 부르는지 나는 모른다.

여기에 나는 앉아 있다. 형 같은 산과 누나 같은 바다
사이에 자리를 잡고. 우리 셋은 고독 속에서 하나다.
우리를 하나로 이어주는 사랑은 깊고, 강하고,
기묘하다.

풀잎이 말하기를

풀잎이 가을 낙엽에게 말했다.

"왜 그리 시끄러운 소리를 내면서 떨어지나? 자네
때문에 겨울잠의 꿈이 모두 흩어져 버리잖아."

낙엽이 분개하며 말했다.

"이 무식한 놈! 노래도 못하고 몸도 배배 꼬인 주제에.
하늘에 살아 본 적이 없으니 노랫소리를 들어도
그것이 노래인 줄 모르는군."

이렇게 말하고 가을 낙엽은 대지에 드러누워 잠에
빠졌다. 그리고 봄이 와 다시 눈을 뜨자 그녀는 한
장의 풀잎이었다.

드디어 가을이 와 그녀에게 겨울잠이 찾아왔다. 하늘
가득 낙엽이 떨어지고, 그녀는 혼잣말로 투덜거렸다.

"젠장, 저놈의 낙엽들! 왜 저리도 시끄러운 소리를
내는 거야! 겨울잠의 꿈이 모두 흩어져 버리잖아!"

눈(眼)

어느 날 눈이 말했다.

"몇 개의 계곡을 지나 푸른 안개에 뒤덮인 산이
보인다. 얼마나 아름다운가!"

귀가 그 말을 듣고 열심히 귀를 기울였다. 그리고 잠시
후 이렇게 말했다.

"산은 어디 있지? 내게는 들리지 않아."

손이 말했다.

"자네가 말하는 산이 만져지거나 느껴질 수 있는
것인지 시험해 보았지만 허무하게 끝났어. 내게는
산이 느껴지지 않아."

코가 말했다.

"산 같은 건 없어. 냄새도 나지 않는데 뭐."

그리하여 눈은 다른 쪽으로 눈길을 돌리고 말았다.

모두가 눈이 일으킨 혼란에 대해 논의하기 시작했다.

그들은 말했다.

"아무래도 눈이 미친 것 같아."

두 학자

옛날 아흐칼이라는 고도에 두 학자가 살았다. 두
사람은 서로 상대의 학식을 혐오하고 경멸했다. 한
학자는 신의 존재를 부정했고, 다른 학자는 신을
믿었다.

어느 날 두 사람은 시장에서 정면으로 마주쳤다.
제자들이 보는 앞에서 두 사람은 신이 존재하는가
존재하지 않는가에 대해 논쟁을 시작했다. 몇
시간이나 논쟁을 벌인 다음 그들은 헤어졌다.

그날 밤 무신론자는 사원으로 나아가 제단 앞에
엎드려 신의 길에서 벗어났던 자신의 과거를 뉘우치고
용서를 비는 기도를 드렸다.

같은 시간, 신을 믿었던 학자는 자신이 가지고 있던
많은 성전(聖典)을 불살라 버렸다. 그는 무신론자가 된
것이다.

내 슬픔이 태어났을 때

내 슬픔이 태어났을 때, 나는 그것을 소중하게
보살피고 사랑 가득한 마음으로 지켜보았다.
이윽고 내 슬픔은 모든 살아 있는 것이 그러하듯
성장하면서 강하고 아름다워졌고, 경이와 기쁨으로
가득 찼다.

나와 내 슬픔은 서로 사랑했다. 우리는 세계를
사랑했다. 내 슬픔은 상냥한 마음씨를 가졌고, 내
마음도 그 슬픔으로 가득 찼기에 정말 상냥했다.

나와 내 슬픔이 서로 이야기를 주고받으면, 우리의
낮은 날갯짓으로 경쾌했고 우리의 밤은 꿈으로
감싸였다. 내 슬픔은 매끄러운 혀를 가졌고, 내 혀도
그 슬픔 때문에 아주 매끄러웠다.

나와 내 슬픔이 함께 노래하면 이웃들은 창가에 앉아
귀를 기울였다. 우리 노래가 바다처럼 깊고 그 선율이
신비한 추억으로 가득 찼기 때문이다.

나와 내 슬픔이 함께 걸어가면, 사람들은 우리를
상냥한 눈으로 쳐다보았고 몹시 감미로운 말로
속삭였다. 우리를 시기의 눈으로 바라보는 자도
있었다. 슬픔은 고귀한 존재이므로, 나는 슬픔으로
인해 자부심이 대단했다.

그러나 모든 살아 있는 것이 그러하듯 내 슬픔도
죽었다. 혼자 남겨진 나는 이런저런 생각에 빠졌다.
그리고 이제 내가 말을 하면, 언어는 무겁게 나의 귀에
걸리고 만다.

내가 노래해도 이웃들은 들으러 오지 않는다.
내가 지나가도 아무도 나에게 눈길을 주지 않는다.
다만 나는 꿈속에서 연민의 목소리를 들을 뿐이다.
"보라, 저기 슬픔에게 버림받은 자가 누워 있다."

그리고 기쁨이 태어났을 때

그리고 내 기쁨이 태어났을 때, 나는 그것을 가슴에
품고 지붕에 올라 외쳤다.

"오라, 나의 이웃들이여. 와서 이것을 보라. 기쁨이
오늘 내게서 태어났다. 태양 아래 명랑하게 미소 짓는
이 작은 존재를 보러 오라."

이웃들은 아무도 나의 기쁨을 보러 오지 않았다. 나는
크게 놀랐다.

그로부터 7개월 동안 나는 매일 지붕 꼭대기에서 나의
기쁨에 대해 외쳤다. 그러나 아무도 나의 말을
들어주지 않았다. 나와 내 기쁨은 둘만 남았다. 친구도
없고 찾아오는 손님도 없었다.

그때부터 서서히 내 기쁨은 창백해지고 쇠약해져
갔다. 나 아닌 어떤 마음도 어여쁜 기쁨을 안아 주지
않았고, 나 아닌 누구의 입술도 기쁨에게 키스하지
않았기 때문이다.

그렇게 나의 기쁨은 외로움 속에서 죽고 말았다.
지금 내가 죽은 기쁨을 추억하는 것은 죽은 슬픔을
추억할 때뿐이다. 그렇지만 추억이란, 바람 속에서
잠시 무언가 중얼거리는 듯 하다가 아무 소리도
들려주지 않는 가을 낙엽과도 같은 것이다.

완전한 세계

잃어버린 혼들의 신이여, 신들 가운데에서 잃어버린
신이여, 나의 말을 들어 보시라.
우리를 지키는 상냥한 운명이여, 미쳐 방황하는
정령들이여, 나의 말을 들어 보시오.
나는 완전한 사람들 가운데 가장 불완전한 존재라오.
혼돈에 빠진 인간이며 혼란스런 원소들이
소용돌이치는 내가, 이 완성된 세계에서 살아간다오.
완전한 법과 순수한 질서를 가진 사람들 가운데
사상은 분류되고, 꿈은 정리되고, 환상은 등록되고
등기된다오.
오오 신이여, 그들의 덕은 측정되고 그들의 죄는
계량되며, 덕도 아니고 죄도 아닌 어슴푸레한 어둠
속을 스쳐 지나가는 무수한 것들조차 기록되고
분류되오.
이곳의 낮과 밤은 일하는 시간에 따라 분할되고 흠

하나 없이 정확한 규칙으로 운영되오.

먹고, 마시고, 잠자고, 옷 입고, 적당한 때에 피로를
느끼오.

일하고, 놀고, 노래하고, 춤추고, 정해진 시간이 오면
조용히 자리에 눕는다오.

이렇게 많이 생각하고 많은 것을 느끼면서도 지평선에
별 하나 떠오르면 바로 아무것도 생각하지 않고
아무것도 느끼지 않는다오.

웃으면서 이웃의 물건을 훔치고, 우아한 손으로
선물을 받고, 신중하게 칭찬하며, 조심스럽게
비난하며, 말 한 마디로 혼에 상처를 입히고, 호흡으로
육체를 태우며, 그리고 하루의 일이 끝나면 손을
씻는다오.

확립된 질서에 따라 사랑하고, 흔해빠진 방식으로
지고의 자아를 즐겁게 하며, 적당하게 신을 예배하고,
교묘하게 악마와 밀통하며, 그리고 마치 기억이 죽어
버리기라도 한 것처럼 모든 것을 잊어버린다오.

노림수를 가지고 공상하며, 계산하면서 열심히
생각하고 행복을 즐기며, 고귀하게 고통당하고,

그리고 내일 다시 가득 채워질 잔을 예상하며 잔을
비운다오.

오오 신이여, 인간의 모든 삶은 미리 숙고되고 구상된
결단으로 생겨나 정확하게 길러지고, 규칙에
지배당하며, 이성으로 인도되어, 청사진대로 죽임을
당하고 묻히게 되오. 그리고 혼의 은밀하고 적막한
무덤에조차 표시와 번호판을 붙이오.

이 세계는 완성된 세계이며, 단 한 치의 오차도 없이
정확하게 계산된 세계이며, 완전무결하며, 신의
뜰에서 완벽하게 익는 과일, 우주를 지배하는
사상이라오.

그런데 왜 내가 여기에 있어야만 하오? 오오 신이여,
가득 차지 않은 열정의 푸른 씨앗이며, 동쪽으로도
서쪽으로도 나아갈 수 없는 광기의 비바람이며, 잘
굽힌 행성의 곤혹스런 단편인 내가.

잃어버린 혼들의 신이여, 신들 가운데에서 잃어버린
신이여, 왜 내가 여기 있나이까?

주는 것과 받는 것

옛날에 골짜기를 가득 메울 만큼 많은 바늘을 가진
사내가 있었다. 어느 날 예수의 어머니가 찾아와
그에게 말했다.

"여보시게, 우리 아들이 성전에 가야 하는데, 찢어진
옷을 좀 기워야 해서 그러니 바늘 하나만 좀 줄 수
있겠는가. 우리는 동포 아닌가."

그러자 사내는 바늘은 주지 않고 '주는 것과 받는
것'에 대해 설교를 늘어놓더니 그 내용을 성전에 가기
전 아들에게 전해 주라고 했다.

두 개의 우리

우리 아버지의 정원에는 두 개의 우리가 있다. 그
하나에는 아버지의 노예가 니네베 사막에서 잡아온
사자가 들었고, 다른 하나에는 노래할 수 없는 참새가
있었다.

매일 아침 동이 트면 참새는 사자에게 아침 인사를
한다.

"잘 잤나, 감방 친구"

묘 파는 사람

옛날에 나는 죽은 '나'를 묻으러 간 적이 있다. 그때 묘 파는 사람이 말했다.

"시체를 묻으러 오는 사람 가운데 여태 너만큼 멋진 놈은 없었어."

내가 물었다.

"거참 기분 좋은 말을 다 하네. 근데 내가 왜 멋진데?"

그가 말했다.

"다른 사람들은 울고 와서 울고 가지만, 너는 홀로 웃고 왔다 웃으며 돌아가니까."

선한 신과 악한 신

선한 신과 악한 신이 산 꼭대기에서 만났다.

선한 신이 말했다.

"안녕, 친구."

악한 신은 대답하지 않았다.

그래서 선한 신이 말했다.

"친구, 오늘은 기분이 별로인 것 같네."

악한 신이 대답했다.

"좀 그래. 요즘 들어 부쩍 사람들이 나를 너라고
착각하거든. 네 이름을 부르면서 나를 선한 신으로
여기는 거야. 그게 정말 기분 나빠."

그러자 선한 신이 말했다.

"그건 나도 마찬가지야. 나를 네 이름으로 부르곤 해."

악한 신은 인간의 어리석음을 저주하며 멀어져 갔다.

얼굴

나는 보았다. 천 개의 표정을 가진 얼굴을. 그리고
나는 보았다. 주물로 본을 뜬 듯한 단 하나의 표정만을
가진 얼굴을.

나는 보았다. 빛나는 치장 아래 추악함이 훤히 드러난
얼굴을. 그리고 나는 보았다. 얼마나 아름다운가
보려고 빛남을 가장해야 하는 얼굴을.

나는 보았다. 주름만 가득하고 아무것도 새겨지지
않은 늙은 얼굴을. 그리고 나는 보았다.
반들반들하면서 모든 것이 새겨진 얼굴을.

나는 얼굴을 안다. 왜냐하면 내 눈으로 짠 천을 통해
그것을 보기에. 그 아래 감추어진 진실을 거머쥘 수
있기에.

선

구

자

보다 큰 자아

이런 일이 있었다. 대관식을 끝내고 비블리스의 왕이 된 뉴푸시발은 자신의 침실에 틀어박혔다. 그 침실은 깊은 산속에 사는 세 명의 은자가 그를 위해 만들어 준 것이었다. 그는 왕관과 왕의 옷을 벗고 방 한가운데 서서, 그제야 비블리스의 전지전능한 왕이 된 자신을 생각해 보았다.

그때 갑자기 이상한 기분이 들어 뒤를 돌아보았다. 놀랍게도 어머니가 그에게 준 은거울 속에서 벌거숭이 사내가 걸어 나오는 것 아닌가!

왕은 깜짝 놀라 그 사내에게 큰 소리로 물었다.

"무엇을 바라는가?"

벌거숭이 사내가 대답했다.

"단 한 가지, 내 물음에 대한 그대의 대답을 원하지. 왜 그들이 너에게 왕관을 주었을까?"

왕은 대답했다.

"그야 내가 왕국에서 가장 고귀한 사람이니까."

벌거숭이가 말했다.

"네가 진정 고귀한 사람이라면 너는 왕이 되지 않았을
거야."

왕이 대답했다.

"내가 왕국에서 가장 힘이 세기 때문에 그들이 내게
왕관을 준 것이다."

벌거숭이가 말했다.

"네가 정말 힘이 세다면 너는 왕이 되지 않았을 거야."

왕이 말했다.

"내가 이 나라에서 가장 현명한 사람이라서 그들이
내게 왕관을 준 것이다."

벌거숭이가 말했다.

"만일 네가 그토록 현명하다면, 너는 왕의 자리를
선택하지 않았을 거야."

왕은 바닥에 쓰러져 격하게 흐느껴 울었다.

벌거숭이는 왕을 내려다보았다. 그리고 왕관을 손에
들어 풀이 죽은 왕의 머리에 부드럽게 얹어 주었다.
그는 사랑스런 눈길로 왕을 바라본 다음 거울 속으로

들어가 버렸다.

왕은 일어서서 거울을 찬찬히 쳐다보았다. 거기에는
왕관을 쓴 자신의 모습밖에 없었다.

전쟁과 작은 나라들

먼 옛날, 양과 새끼 양이 초원에서 풀을 뜯고 있었다.
저 높은 하늘에서 독수리 한 마리가 둥글게 원을
그리며 군침을 삼키면서 새끼 양을 내려다보고
있었다. 그가 새끼 양을 덮치려 할 때 다른 독수리가
나타나 똑같이 군침을 삼키며 빙빙 돌았다. 두 마리가
경쟁을 하며 싸움을 벌이니 하늘 가득 드센 외침이
울려 퍼졌다.
양은 깜작 놀라 하늘을 쳐다보고 새끼 양에게 이렇게
말했다.
"아들아, 이 얼마나 기묘한 일이냐. 저 두 마리 고귀한
새가 서로 싸움을 하다니. 넓고 넓은 하늘도
그들에게는 충분하지 않단 말인가? 기도하라, 아들아.
신이여, 날개를 가진 우리 형제들이 사이좋게 지내게
해 주시기를."
그리하여 새끼 양은 마음속으로 기도했다.

비평가들

어느 저녁나절 말 등허리에 올라타고 바다 저편을
향해 여행하던 한 사내가 길가 여관에 이르렀다. 그는
말을 문 옆에 매 두고 여관으로 들어갔다.
바다를 향해 여행하는 사람들은 모두 밤과 사람을
굳게 신뢰한다.
한밤중 나그네가 잠든 사이 도둑이 그의 말을 훔쳐
달아났다.
아침에 눈을 뜬 나그네는 자신의 말을 도둑맞았다는
것을 알았다.
그는 자신의 말을 생각하며 탄식했고, 도둑질을 하는
사람이 존재한다는 사실에 한탄했다.
동숙자들이 다가와 그를 둘러싸고 이야기를 시작했다.
한 사내가 말했다.
"마구간 밖에다 말을 묶어 두다니 자네는 정말
멍청하군."

다른 사내가 말했다.

"애당초 말을 타고 바다를 건너려 한 생각 자체가
어리석지."

다른 사내가 말했다.

"게으름뱅이와 발이 늦은 사람만이 말을 타는 법이지."

나그네는 듣다못해 마침내 절규했다.

"친구들이여, 그대들은 내가 말을 도둑맞았다는 말을
듣고는 모두 모여들어 내 실수나 결점만 지적하는군.
묘한 일 아닌가. 말을 훔친 사람에 대해서는 단 한
마디 비난도 없어!"

시인들

시인 넷이 테이블에 놓인 포도주 한 병을 둘러싸고
앉았다.

첫 번째 시인이 말했다.

"나는 제3의 눈으로 이 포도주의 향기가 마치 마법에
걸린 숲 속의 무수한 새처럼 이 공간을 날아다니며
춤추는 것을 본다네."

두 번째 시인이 얼굴을 들고 이렇게 말했다.

"나는 내면의 귀로 새들이 안개처럼 노래하는 것을
들어. 그 음률은 마치 백장미의 꽃잎 속에 감추어진
꿀처럼 내 마음을 사로잡지."

세 번째 시인은 눈을 감은 채 팔을 들고 말했다.

"나는 그 향기와 음률을 이 손으로 잡을 수 있어. 나는
그것들의 날개가 잠자는 요정의 숨결처럼 내 손을
스쳐 지나가는 것을 느끼지."

네 번째 시인이 일어나 술병을 들고 말했다.

"친구들이여! 나는 시각도, 청각도, 촉각도, 후각도 너무 둔하다네. 내게는 이 술병의 향기가 보이지 않고 그 노래도 들리지 않는데 하물며 날갯짓 따위를 어떻게 느낄 수 있겠는가? 나는 다만 술을 볼 수 있을 뿐. 따라서 난 마시지 않을 수 없다네. 그러면 혹시라도 이 술이 나로 하여금 감각을 다듬어 그대들의 축복받은 고결한 자질로 나를 이끌어줄지도 모르지."

이렇게 말하고 그는 술병을 입으로 가져가 마지막 한 방울까지 마셔 버렸다.

세 시인은 너무 어이가 없어 입을 벌린 채 그를 바라보았다.

그들의 눈은 욕망이 가득 찬, 시의 마음과는 아무 상관 없는 증오로 빛났다.

선구자

그대는 그대 자신의 선구자, 그대가 지금까지
쌓아올린 탑은 그대의 거대한 자기 디딤돌에 지나지
않는다. 그리고 그 자신도 디딤돌이 되고 말 것이다.
나도 나 자신의 선구자, 왜냐하면 해가 뜰 때 내 앞에
길게 깔리는 그림자도 정오가 되면 내 발바닥 아래
모일 것이므로. 또 다른 태양이 다른 그림자를 내 앞에
길게 늘어뜨릴 것이다. 그리고 그 또한 다른 정오가
되면 발바닥으로 모여들 것이다.
늘 우리는 우리의 선구자였고, 앞으로도 그러할
것이다. 우리가 여태 모았고 또 모을 모든 것은 아직
괭이질하지 않은 밭에 뿌려질 씨앗에 지나지 않는다.
우리는 밭이면서 농부이며, 모으는 것인 동시에
모이는 것이다.
그대가 안개 속을 헤매는 욕망이었을 때, 나 또한
거기에서 방황하는 욕망이었다. 우리는 서로가 서로를

원했고, 그런 우리의 갈망에서 꿈이 태어났다. 꿈은 무한의 시간이며 끝없는 공간이었다.

그대가 삶의 떨리는 입술에 머무는 침묵의 언어였을 때, 나 역시 거기에 다른 침묵의 언어로 존재했다.

이윽고 삶이 목소리로 우리를 불러낸 이후, 우리는 어제의 추억과 내일의 갈망으로 가슴 두근거리며 긴 세월을 건너왔다.

왜냐하면 어제는 정복된 죽음이며 내일은 추구해야 할 탄생이기에.

지금 우리는 신의 양손에 놓였다. 그대는 신의 오른손에 놓인 태양, 나는 왼손에 놓인 지구. 그러나 빛나는 그대가 빛을 받는 나보다 빛나는 존재는 아니다.

우리의 태양과 지구는 더 커다란 태양과 더 커다란 지구의 시초에 지나지 않는다.

우리는 언제나 시작이다.

그대는 그대의 선구자, 내 문 옆을 스쳐가는 낯선 사람이다.

나는 나의 선구자, 나의 나무 그늘에 앉아 움직이지
않는 것 처럼 보이기는 하지만.

신의 광대

옛날, 사막으로부터 거대한 샤리아 성으로 한
몽상가가 왔다. 그에게는 옷 한 벌과 지팡이 하나
말고는 아무것도 없었다.

사내는 놀라움과 감탄에 찬 눈으로 사원과 탑과
궁전을 보며 걸어갔다. 샤리아는 무엇에도 비할 수
없이 아름다운 도시였기 때문이다.

점심 때 그는 커다란 여관 앞에 섰다. 그 노란 대리석
건물로 사람들이 자유롭게 드나들었다.

"이건 분명 신전이야."

그는 이렇게 생각하고 안으로 들어갔다. 그러나
놀랍게도 장엄한 홀에서 많은 남녀가 여러 테이블에
나누어 앉아 먹고 마시며 음악가의 연주를 듣고
있었다.

"아니!" 하고 몽상가는 소리쳤다.

"이건 예배가 아니야. 무슨 큰일을 경축해 왕자가

백성에게 베푸는 잔치가 분명해."

마침 그때 한 남자-그는 그 사람을 군주의 노예라고 생각했다-가 그에게 다가와 자리에 앉기를 권하는 것 아닌가. 그는 고기와 포도주와 아주 맛있는 과자를 먹었다.

배가 불룩해진 몽상가는 다시 길을 떠나려고 일어섰다. 그러나 입구에서 멋진 옷을 입은 거구의 사나이에게 저지당했다. '분명 왕자일 거야'라고 몽상가는 마음속으로 중얼거리며 거구의 사나이에게 머리 숙여 감사의 말을 건넸다. 사나이도 정중하게 고개를 숙이며 말했다.

"손님, 아직 식사비를 지불하지 않았습니다."

몽상가는 사나이가 하는 말을 알아듣지 못하고 다시 머리 숙여 감사했다. 거구의 사나이는 요리조리 생각을 굴리며 몽상가를 찬찬히 뜯어보았다. 그리고 그가 이방인이며 싸구려 옷을 입은 걸로 봐서 식사비를 지불할 돈이 없다고 판단했다. 사나이는 손뼉을 쳐 신호를 보냈다. 그러자 경비원 네 명이 달려와 사나이의 지시를 받았다. 그들은 몽상가

양쪽에 둘씩 나눠 섰다. 몽상가는 그들의 복장과 태도에 기품이 어렸다고 느끼고는 즐거운 듯 그들을 바라보며 나직이 중얼거렸다.

"이들은 아주 고귀한 사람들일 거야."

그들은 함께 재판소로 갔다.

재판소에는 물이 흐르는 듯한 수염을 기르고 위엄에 찬 차림새의 재판관이 높은 자리에 앉아 있었다. 그 풍채로 보아 그가 틀림없이 왕일 거라 생각하고, 몽상가는 자신이 왕을 접견하고 있다는 사실에 뛸듯이 기뻤다.

경비원은 재판관에게 몽상가의 혐의에 대해 설명했다. 재판관은 두 사람의 대변자를 임명했다. 한 사람은 혐의를 제시하는 사람이고 다른 한 사람은 이 이방인을 변호하는 사람이었다. 대변자들은 차례로 일어나 자신의 주장을 전개했다. 그 사이 몽상가는 그들이 환영사를 하고 있다고 생각하여 왕과 군주에 대한 감사로 가슴이 뿌듯했다.

판결이 내려졌다. 그의 범죄가 적힌 명판을 목에 걸게 하고 마구를 갖추지 않은 말에 태워 나팔수와 고수의 뒤를 따라 도시를 가로질러 행진하는 것이었다.

판결은 즉시 실행되었다.

그리하여 몽상가가 마구도 없는 말 등에 타고 나팔수와 고수의 뒤를 따라 도시를 가로지르자 시민들이 그 소동을 보려고 몰려들었다. 그들은 그를 보며 배를 잡고 웃었고, 아이들은 그를 졸졸 따라 다녔다. 몽상가는 황홀경에 빠져 눈을 반짝이면서 그들을 바라보았다. 왜냐하면 죄명이 적힌 명판은 축복의 표시이며, 형벌의 행진은 그를 위한 축하의 행진이라 여겼기 때문이다.

그때 그는 말 등에서 사람들 사이에 있는, 그와 같은 사막에서 온 사람을 발견했다. 그는 너무 기뻐 그 사람을 향해 소리쳤다.

"친구여! 친구여! 이곳이 어딘가? 내 마음의 욕망을 가득 채워 주는 이곳은 어느 도시인가? 이렇게 자기 것을 아끼지 않는 이 사람들은 어떤 민족인가? 우연히 찾아온 손님을 위해 궁전에서 축하연을 베풀어 주고 왕자들이 손님을 대접하며, 왕은 손님의 가슴에 기념품을 걸어 주고, 손님 환대하기를 하늘의

자손과도 같이 하는 이 사람들은 누구인가?"

사막에서 온 그 사람은 아무 말도 하지 않았다. 그는 다만 미소 지으며 조용히 고개를 저었다. 행진 대열은 지나갔다.

몽상가는 얼굴을 들었다. 그의 눈동자에는 빛이 넘쳐흘렀다.

사랑

자칼과 지렁이는 같은 샘물의 물을 마신다고 한다.
그 물은 사자가 마시는 것이기도 하다.

독수리와 콘도르는
같은 사체를 부리로 쫓는다.
그리고 서로 사이가 좋다.
죽은 것을 눈앞에 두고.

오 사랑이여, 그대의 고결한 손은
나의 욕망을 잠재우나니
배고픔과 갈증을
위엄과 자부심으로 높이 세워다오.
내 속의 강렬하고 불변하는 것에다
내 약한 자아를 유혹하는
빵과 포도주를 주지 말라.

오히려 배고픔과 죽음을 다오.
내 심장을 갈증으로 애태워
나를 죽게 하고, 사라지게 해다오.
그대의 손으로 따르지 않은 술잔과
그대의 축복을 받지 않은 그릇에
내가 손 내밀기 전에.

여왕과 노예

노예들이 옥좌에 앉아 잠든 늙은 여왕에게 부채질을 하고 있었다. 그녀는 코를 골았다. 여왕의 무릎에는 고양이가 가르릉 소리를 내며 드러누워 노예들을 나른한 눈으로 바라보고 있었다.

한 노예가 이렇게 말했다.

"이 늙은이의 잠든 모습은 너무 추해. 이 벌린 입 좀 봐. 게다가 마치 악마에게 목을 졸리기라도 하는 듯이 헐떡거려."

고양이가 가르릉거리면서 혼자말로 중얼거렸다.

"잠들어 있어도 잠들지 않은 너희 노예들보다는 추하지 않아."

두 번째 노예가 말했다.

"잠이 이 여자의 주름살을 퍼지게 하는 것 같아. 무슨 불길한 꿈을 꾸는 게 아닐까?"

고양이가 가르릉거렸다.

"너희도 잠들어 너희의 자유를 꿈꿔 봐."

세 번째 노예가 말했다.

"이 여자는 자신이 죽인 사람들의 행렬을 꿈꾸고 있는 게 분명해."

고양이가 목을 가르릉거렸다.

"그렇지, 이 여자는 너희의 조상과 자손의 행렬을 보고 있지."

네 번째 노예가 말했다.

"이 여자를 욕하는 건 좋지만 말이야, 그렇다고 해서 선 채로 부채질을 하는 이 고달픔이 없어지는 건 아냐."

고양이가 목을 가르릉거렸다.

"미래에도 너희는 영겁의 세월 동안 부채질만 하게 될 거야. 왜냐하면 이승에서 일어난 일은 저승에서도 반복되니까."

그때 마침 늙은 여왕이 잠든 채 고개를 끄덕이는 바람에 왕관이 떨어지고 말았다.

노예 가운데 하나가 말했다.

"이것 봐. 예감이 좋지 않아."

고양이가 가르릉거렸다.

"어떤 사람의 흉조는 다른 사람의 길조이기도 하지."

두 번째 노예가 말했다.

"만일 이 여자가 눈을 떠서 자기 왕관이 떨어진 걸 본다면 무슨 짓을 할지 몰라! 이 여자는 필시 우리를 죽이고 말 거야."

고양이가 목을 가르릉거렸다.

"너희들이 태어난 이래 이 여자는 매일같이 너희를 죽여 왔지. 너희들은 그 사실을 모르지만 말이야."

세 번째 노예가 말했다.

"그래, 이 여자는 우리를 죽이고 그것을 신에게 드리는 공양이라고 말할 거야."

고양이가 가르릉거렸다.

"약자만을 신에게 바치지"

네 번째 노예가 다른 노예의 입을 다물게 하고, 재빨리 왕관을 주워 늙은 여왕의 머리에 씌었다.

고양이가 가르릉거렸다.

"노예만이 떨어진 왕관을 제자리에 놓는 법이지."

잠시 후 늙은 여왕이 눈을 떴다. 그녀는 주위를

둘러보고 하품을 했다. 그리고 말했다.

"꿈을 꾼 모양이군. 네 마리 벌레가 전갈에게 쫓겨 참나무 주위를 도망다니는 꿈이었어."

그녀는 다시 눈을 감고 잠들었다. 노에 넷은 계속 부채질을 했다.

고양이가 목을 가르릉거렸다.

"부처라, 부처라, 이 얼간이들. 너희는 자신을 불태우는 불덩어리를 부채질하는 거야."

성자

젊은 시절 나는 언덕 저편 조용하고 아담한 숲 속에
사는 성자를 한번 찾아간 적이 있다. 우리가 인간의
덕에 대해 이야기를 나누고 있을 때, 한 산적이 피로한
모습으로 한쪽 다리를 질질 끌며 찾아왔다. 숲에
이르자 그는 성자 앞에 무릎을 꿇고 말했다.
"오오, 성자시여 나에게 안락을 주소서! 내 죄가 나를
무겁게 짓누르고 있습니다."
성자는 대답했다.
"나의 죄도 나를 무겁게 짓누르고 있소."
산적은 다시 말했다.
"하지만 나는 도둑에다 약탈자입니다."
성자가 대답했다.
"나도 도둑이고 약탈자라오."
산적과 성자의 기묘한 대화가 다시 이어졌다.
"그러나 나는 살인자이기에 많은 사람의 피가 내

귀에서 절규하고 있습니다."

"나도 살인자라서 많은 사람의 피가 내 귀에서
절규한다오."

"나는 헤아릴 수 없이 많은 죄를 범했습니다."

"나도 헤아릴 수 없이 많은 죄를 범했다오."

성자의 마지막 대답을 듣고 난 산적은 갑자기 벌떡
일어서더니 성자를 바라보았다. 그의 눈에는 기묘한
빛이 떠올랐다. 이윽고 그는 우리 곁을 떠나 깡충깡충
뛰면서 언적을 내려갔다.

나는 성자를 바라보며 물었다.

"어째서 당신은 저지르지도 않은 범죄를 스스로
고백했습니까? 저 사내가 당신을 불신하며 가
버렸다는 걸 아십니까?"

성자는 대답했다.

"그는 이제 나를 신뢰하지 않겠지요. 하지만 그는
편안한 마음으로 일어설 수 있게 되었습니다."

바로 그때 우리는 산적이 멀리서 노래하는 것을 들을
수 있었다. 그의 노래는 기쁨의 메아리가 되어 계곡을
가득 채웠다.

부자

정처 없이 세상을 떠돌던 어느 날, 나는 어느 섬에서
끊임없이 땅에서 무언가를 주워 먹고 바다에서
무언가를 퍼 마셔대는, 사람 얼굴에 쇠 발굽을 가진 한
괴물을 만났다. 나는 한참 그를 뚫어지게 쳐다보았다.
그리고 그에게 다가가 말했다.

"당신은 제대로 배를 채워 본 적이 한 번도 없는
모양이네요. 당신의 배고픔과 갈증은 결코 채워지지도
멈추지도 않는 건가요?"

그가 말했다.

"아니오, 나는 배가 불러요. 오히려 먹는 것도 마시는
것도 지겨울 지경이지요. 하지만 내일이 되면 먹고
마실 수 있는 땅도 바다도 사라져 버릴 것 같아서요."

풍향계

닭 모양을 한 풍향계가 바람에게 말했다.
"넌 너무 단조롭고 재미없어! 내 얼굴을 좀 피해서
불어 가면 안 돼? 넌 신이 내게 내려준 바위 같은
마음을 마구 흔들어 놓잖아."
바람은 대답하지 않았다. 다만 허공에서 웃기만 할 뿐.

아라다스의 왕

옛날 아라다스 왕국의 장로들이 왕 앞으로 나아가
포도주와 마약, 알코올과 관련된 모든 것을 금지하는
칙령을 내려 달라고 청원했다.

그러나 왕은 등을 돌리고 그들을 비웃으며 자리를
피해 버렸다. 장로들은 낙담하며 돌아갈 수밖에
없었다.

궁전 문 앞에서 그들은 왕의 시종을 만났다. 시종은
그들의 곤혹스런 표정을 보고 상황을 이해했다.

그는 말했다.

"친구들이여, 정말 안됐네! 왕이 술에 취했더라면
당신들의 청원을 들어주었을 텐데."

내 마음 깊은 곳에서

내 마음 깊은 곳에서 한 마리 새가 날아올라 하늘로
갔다. 높이 높이 새는 날아올랐다. 새는 점점 커져
간다.
처음에는 제비 정도의 크기였다. 그것이 종달새가
되고 독수리가 되고 봄날의 구름만 해졌다가 마침내
별 반짝이는 하늘을 가득히 채웠다.
내 마음 깊은 곳에서 한 마리 새가 하늘을 날았다.
새는 날아가면서 점점 커졌다. 그렇지만 새는 내
마음을 떠나지 않았다.

아아, 나의 신앙이여, 길들여지지 않은 지식이여,
당신의 높이까지 올라가 하늘에 일필휘지한 인간의 큰
자아를 당신과 함께 볼 수 있을까? 내 속의 이 바다를
안개로 바꾸어 가늠할 수도 없는 공간을 당신과 함께
돌아다닐 수 있을까?

도대체 성당 안 죄수들이 황금의 둥근 지붕을 볼 수
있을까?

아아, 나의 신앙이여, 나는 은과 흑단 창살이 달린
감옥에 갇혀 당신과 함께 날아오를 수 없다.

그렇지만 내 마음 깊은 곳에서 당신은 하늘을 향해
춤추며 올라간다. 당신을 떠받치는 것은 나의
마음이다. 그리고 나는 가득 채워질 것이다.

왕조

이샤나의 왕비가 산실(産室)에 들어갔다. 왕과 궁정의
유력자들은 '날개 달린 황소'라 불리는 대청에서
초조하게 기다렸다.
저녁나절, 급히 사자가 달려와 왕의 발아래 무릎을
꿇고 말했다.
"폐하와 이 왕국에 기쁜 소식을 알리겠나이다. 폐하의
오랜 숙적이던 잔혹 왕 미라브, 저 베트론의 왕이
죽었나이다."
왕과 궁정의 유력자들은 이 소식을 듣고 모두
자리에서 일어나 환성을 질렀다. 왜냐하면 강력한
미라브가 오래 살았더라면 틀림없이 이샤나를 정복해
백성들을 잡아갔을 것이기 때문이다.
바로 그때 전의가 왕실의 산파를 거느리고 '날개 달린
황소'라 불리는 대청으로 들어왔다.
의사는 왕의 발아래 무릎을 꿇고 이렇게 말했다.

"폐하께서는 이제 자손 대대로 영원히 군림하시며
이샤나의 신민을 통치하실 것입니다. 왕이시여,
기뻐하소서. 드디어 지금 계승자가 되실 왕자가
태어나셨나이다."

그 소식을 듣고 왕은 황홀경에 빠질 지경이었다.
공교롭게도 같은 시각에 그의 적이 죽고 왕가를 이을
아들이 태어난 것이다.

이샤나의 도성에는 족집게 예언자가 살고 있었다.
그는 강직하고 대담한 정신의 소유자였다. 그날 밤
왕은 그 예언자를 불러오라고 했다. 예언자가
나타나자 왕은 그에게 이렇게 말했다.

"자, 예언을 하라. 오늘 이 날 왕국에 태어난 내 아들의
미래를."

예언자는 망설임 없이 예언했다.

"들으소서, 왕이시여. 아들의 미래를 예언하겠나이다.
적의 혼, 어젯밤 죽은 당신의 적 미라브 왕의 혼은
오늘 바람에 떠돌고 있었나이다. 자신이 들어갈
육체를 찾아서. 그리하여 그 혼이 들어간 곳은 바로
오늘 태어난 당신 아들의 몸입니다."

왕은 격노해 단칼에 예언자를 베어 버렸다.

그날부터 오늘날까지 이샤나의 현자들은 은밀하게

속삭여 왔다.

"이샤나가 적의 손에 통치되고 있다는 것을 사람들은

알까?"

완전한 지식

개구리 네 마리가 강가에 떠 있는 통나무 위에 앉아
있었다. 갑자기 강의 물살에 밀려 통나무가 천천히
떠내려가기 시작했다. 개구리들은 깜짝 놀랐다.
왜냐하면 그들은 한 번도 배 여행을 해 본 적이 없었기
때문이다.

잠시 후 한 개구리가 말했다.

"이것 참 이상한 통나무도 다 있네. 마치 살아 있는
것처럼 움직이잖아. 이런 통나무는 지금까지 알려진
적이 없어."

두 번째 개구리도 말했다.

"친구야, 그게 아냐. 이 통나무는 다른 통나무와
하나도 다를 게 없어. 그러니까 움직이는 건 통나무가
아냐. 우리와 통나무를 움직이는 건 바다로 흐르는
강이야."

이어서 세 번째 개구리가 말했다.

"지금 움직이는 건 통나무도 아니고 강도 아냐.
움직임은 우리 생각 속에 있을 뿐. 왜냐하면 생각
없이는 아무것도 움직이지 않기 때문이지."

세 마리의 개구리들은 과연 실제로 움직이는 것은
무엇인가에 대해 논쟁을 시작했다. 논쟁은 점점
가열되어 문제만 복잡해지고 그들은 합의점을 찾지
못했다.

네 번째 개구리가 말했다.

"너희들 다 옳아. 아무도 틀리지 않았어. 움직임은
통나무와 강과 우리들의 생각 속 모든 곳에
존재하니까."

세 마리 개구리들은 분개했다. 그들은 자신의 의견이
완전한 진실이 아니라는 것을, 다른 두 마리의 생각이
완전히 틀린 것은 아니라는 점을 인정하고 싶지
않았다.

그로부터 기묘한 일이 벌어졌다. 세 마리 개구리가
결탁해 네 번째 개구리를 통나무에서 강으로 밀어
넣어 버린 것이다.

눈처럼 하얀 종이

눈처럼 하얀 종이가 말했다.

"나는 순결하게 창조되어 영원히 순결한 그대로 머물 것이야. 검은 것에 몸을 더럽히거나 부정한 것이 내 곁에 다가오는 일이 벌어진다면 차라리 불에 타 하얀 재가 되고 말리라."

잉크병은 종이의 말을 듣고 그 검은 속마음으로 웃었다.

그러나 감히 그녀에게 접근하려 하지 않았다.

색연필들도 결코 그녀의 곁에 다가가지 않았다.

눈처럼 하얀 종이는 영원히 순결하고 순결했다.

그러나 언제나 텅 비어 있었다.

학자와 시인

뱀이 참새에게 말했다.

"너는 날 수는 있지만 완전한 침묵 속에서도 생기가 약동하는 지구의 저 깊은 곳까지는 내려갈 수 없어."

참새가 대답했다.

"넌 대단히 많은 것을 알고 있고 모든 현명한 것들 중에서도 가장 현명하지. 하지만 날 수 없다니 참 안됐어."

그러자 그 말은 듣지도 못한 양 뱀이 말했다.

"너는 깊은 곳의 비밀을 볼 수도 없고, 숨겨진 제국의 비밀스런 보물 사이를 이리저리 기어 다닐 수도 없어. 내가 루비 동굴에 누워 본 것이 바로 어제 일이야. 거기는 마치 잘 익은 석류 속 같아서 아주 작은 불빛으로도 불타는 장밋빛으로 바뀌고 말지. 나 말고 대체 누가 그런 경이를 볼 수 있을까?"

참새가 말했다.

"누구도 너 아닌 그 누구도 오랜 세월 동안 모양을 다듬어 온 수정 사이에 누워 볼 수는 없지. 그렇지만 네가 노래를 할 수 없다니 정말 안됐어."

상대방의 말에 자존심이 상한 뱀과 참새는 더욱 열띤 논쟁을 벌이기 시작했다.

"나는 지구의 창자 속까지 뿌리를 내리는 식물을 아는데, 그 뿌리를 먹으면 여신 이슈타르보다 더 아름다워지지."

"만일 네가 그렇게 되고자 한다면 신처럼 죽지 않는 몸이 가질 수 있을 테지만, 네가 노래를 할 수 없다는 건 참으로 안타까운 일이야."

"나는 땅 속에 파묻힌 사원을 알아. 나는 한 달에 한 번 그곳에 가곤 해. 그것은 잊혀진 거인족이 세운 것인데, 그 벽에는 시간과 공간의 비밀이 새겨져 있지. 그것을 읽으면 모든 이해를 넘어선 것을 이해할 수 있어."

"그렇고말고. 만일 네가 원하기만 한다면 그 부드러운 몸으로 시간과 공간의 전 지식을 감쌀 수도 있겠지. 그러나 네가 날 수 없다니 정말 안됐어."

그러자 뱀은 진저리를 치며 몸을 돌려 굴속으로

들어가 버렸다. 그리고 중얼거렸다.

"노래만 하는 새대가리!"

참새 또한 하늘로 날아오르며 중얼거렸다.

"노래도 못하는 불쌍한 자식. 불쌍해, 불쌍해, 머리
좋은 놈, 날지도 못하는."

가치

옛날 어떤 사내가 밭에서 멋지고 아름다운 조각품을
파냈다.

그는 아름다운 것이라면 더할 수 없이 사랑하는
수집가에게 그것을 보이며 사지 않겠느냐고 물었다.
수집가는 높은 가격을 쳐서 그 조각품을 샀다. 그리고
두 사람은 헤어졌다.

사내는 돈을 가지고 집으로 돌아오면서 마음속으로
생각했다.

'이 돈이 내 인생을 얼마나 멋지게 바꿔 줄까! 도대체
누가 몇천 년이나 흙 속에 묻혀 아무도 봐 주지 않던
차가운 돌덩어리를 위해 이 많은 돈을 낸단 말인가!'
바로 그때 수집가는 새로운 조각품을 바라보며
마음속으로 이렇게 생각하고 있었다.

'이 아름다움! 이 생동감! 이 얼마나 멋진 혼의
꿈인가! 게다가 몇천 년이나 감미로운 잠을 잔 덕분에

더욱 빛나고 있다. 도대체 누가 차갑고 꿈도 없는 돈을 얻기 위해 이런 걸작을 다른 사람에게 넘긴단 말인가!'

양심의 가책

어느 달 없는 밤, 한 사나이가 이웃집 밭에 들어가
눈에 보이는 것 중 가장 큰 멜론을 몰래 따서 집으로
가져왔다.
멜론을 잘라 보니 아직 익지 않은 것이었다.
그런데 기적이 일어났다!
사나이의 양심이 눈을 떠 후회의 상념이 그를
괴롭히기 시작한 것이다. 그는 멜론을 훔친 것을
후회했다.

죽어가는 남자와 콘도르

기다려, 잠시만 기다려, 성급한 친구야.
나는 지금이라도 당장 이 쇠약한 몸을 건넬 수 있어.
길게 끌면서 아무런 보람도 없는 내 몸의 고통은
너의 인내심을 고갈시킨다.
나는 너의 굶주린 배와 욕망을,
앞으로 몇 분도 기다리게 하지 않을 것이야.
그러나 이 사슬은 숨결로 만들어진 것임에도
잘라 버릴 수가 없구나.
그리고 죽음에의 의지는
모든 강한 것 중에서도 가장 강하다고 하지만,
모든 약한 것 중에서도 가장 약한 것이며
삶의 의지에 붙어 있을 뿐이다.
용서하라, 동포여. 너무 질질 끄는 나를.
기억이 내 혼을 잡고 놓지를 않는구나.
멀고 먼 날들의 행렬,

꿈속에서 보낸 청춘의 환영,

내 눈꺼풀에서 잠을 쫓아내는 얼굴,

내 귀에 머무는 목소리,

내 손을 잡는 손.

널 이렇게 오래 기다리게 한 것을 용서하게.

그렇지만 이제는 끝이다. 모든 것이 달아난다.

저 얼굴도, 목소리도, 손도, 안개가 모든 것을

데려간다.

얽힌 것이 풀어진다.

끈이 잘려 나간다.

음식도 아니고 음료수도 아닌 것들이 사라진다.

가까이 오라, 나의 동포여.

식탁은 차려졌다.

조촐하고 보잘것없는 이 식사에는

사랑이 곁들여질 것이다.

오라, 그리고 너의 부리를 여기에, 이 왼쪽부터,

그리고 새장에서 더는 날갯짓하지 않는

이 작은 새를 집어내다오.

이 녀석과 너를 함께 하늘로 날아가게 하리라.

자아 친구여, 오늘밤 나는 그대를 대접하리니
나의 소중한 손님, 너.

나의 고독 저편에

내 고독의 저편에 또 하나의 고독이 있어 거기에 사는
자의 고독에 비한다면 나의 고독은 번잡한
저잣거리이며, 나의 침묵은 잡음 뒤섞인 혼란이다.
저 높은 고독을 찾기에는 나는 너무도 젊고 너무도
불안하다. 먼 계곡의 소리가 아직 내 귀를 사로잡아
놓아 주지 않고, 그 그림자는 내 길을 가로막으며 나를
떠나지 못하게 한다.
이 언덕 저편에는 매혹적인 숲이 있고, 거기에 사는
사람에게 나의 평화 따위 보잘것없는 회오리바람에
지나지 않으며, 나의 황홀은 환상에 지나지 않는다.
저 성스런 품을 찾기에는 내 의식은 너무 설익고 너무
분방하다. 피 내음은 나의 혀에 달라붙고, 아버지가 쏜
화살은 아직 내 손에 머물러 나는 길을 떠날 수 없다.
이 엄청난 무게를 짊어진 자아의 저편에 더 자유로운
나의 분신이 살고 있다. 그 분신에게 나의 꿈이란

어스름한 어둠 속에서 벌어지는 싸움이며, 내 욕망은
공허하게 울려 퍼지는 뼈 소리에 지나지 않는다.

자유로운 영혼이 되기에는 난 너무 미숙하고 너무도
분개하고 있다.

무거운 짐에 고통 받는 이 자아를 죽여 버릴 것인가.
또는 더 자유로운 영혼이 되는 길이란 과연 있는
것인가?

내 뿌리가 어둠 속에서 썩지도 않는데 나의 잎은
바람에 흔들리며 노래할까?

내 부리로 만든 둥지에서 새끼 새들이 어른이 되어
보금자리를 떠나지 않는데, 내 속의 독수리가 태양을
향해 하늘 높이 날아오를 수 있을까?

새벽의 사랑

밤이 깊어져 이윽고 새벽 기운이 바람에 실려 올 때,
스스로를 아직 트이지 않은 소리의 영혼이라 칭하는
선구자는 침실에서 나와 지붕으로 올라갔다. 그는
오랫동안 거기 서서 잠든 도시를 내려다보았다.
그리고 그는 얼굴을 들고 마치 잠든 자의 잠들지 않은
혼이 모두 그 주위에 모여들기라도 한 것처럼 입을
열고 이렇게 말했다.
"나의 친구여, 나의 이웃이여, 매일같이 내 집의 문을
두드리는 자들이여. 잠든 그대들에게 말하느니,
그대들이 잠든 계곡에서 나는 아무것도 걸치지 않고
자유롭게 걸을 것이다. 잠든 그대는 너무도
부주의하고 온갖 소리에 사로잡혀 그대의 귀에는
아무것도 들려오지 않는다.
오랫동안 나는 그대들을 지극히 사랑해 왔다.
나는 그대들 하나하나를, 하나가 모든 것인 듯이

사랑하고, 그대들 모두를 마치 한 사람인 듯이
사랑했다. 그리고 봄과 같은 내 마음은 그대들의
정원에서 노래하고 여름 같은 내 마음은 그대들의
곡식 창고에서 그대들을 지켜보았다.

그렇다. 나는 그대들 모두를 사랑했다. 거인도
난장이도 약을 바른 나병환자도 어둠 속을 더듬는
사람도, 마치 나는 산정에서 자신의 찬란한 시절을
춤추는 자 대하듯이 사랑했다.

그대 강한 자들이여, 나는 그대들을 사랑했다. 비록
그대들의 발굽이 스친 상처가 아직 내 살에 박혀
있지만. 그리고 그대, 약한 자들이여, 비록 그대들이
억지로 내게 신앙을 요구하고 나의 인내심을
마모시켰다 하더라도.

그대 부유한 자들이여, 나는 그대들을 사랑했다.
그대들의 꿀이 비록 내 입을 쓰게 했다 하더라도.
그리고 가난한 자들이여, 그대들이 비록 아무것도
이루지 못하는 나의 두 손을 부끄러워했다 하더라도.
그대, 남에게 빌린 비파와 전혀 쓸모없는 손가락을
가진 시인이여, 나는 그대의 자기 탐닉을 사랑했다.

그리고 무명씨들의 묘지에서 흰 수의를 끌어 모으는
그대 학자들을 사랑했느니.

사제들이여, 나 그대들을 사랑했다. 정적 속에 가만히
앉아 나의 내일을 물을 뿐인 그대들이었다 해도.

그리고 자신의 욕망을 위해 우상을 숭배하는 자들도.
그대 끝없이 욕망의 술잔을 가득 채워 마셔 버리는
여인들이여, 나는 그대들을 이해하고 사랑했다.

그리고 그대, 방황하는 밤의 여인들이여, 연민하며
또한 나는 그대들을 사랑했다.

그대 요설가들이여, 나는 그대들을 사랑했다. '삶에는
말할 게 너무 많다'라고 중얼거리면서. 그리고 그대,
말 못하는 자들도 나는 사랑했다. '이들은 내가 만일
언어라면 즐겁게 귀를 기울일 그런 것들을 침묵
속에서 말하고 있는 것이 아닐까?'라고 중얼거리며.

그리고 그대, 비평가들이여. 나는 그대들을 사랑한다.
내가 십자가에 못박힌 것을 보았을 때, 그대는 이렇게
말했다. '그는 리드미컬하게 피를 흘리고 있었지. 그의
하얀 피부에 흘러내리는 피의 무늬가 얼마나
아름다웠는지 몰라.'

그렇다. 나는 그대들 모두를 사랑했다. 젊은이도, 늙은이도, 두려움에 떠는 갈대도, 꾸지나무도.

아아! 그러나, 나로 하여금 그대들을 떠나게 한 것은 내 마음의 과잉상태였다. 그대들은 술잔 가득히 사랑을 마신다. 그러나 물결치는 강물은 마시려 하지 않는다. 그대들은 가냘픈 사랑의 속삭임에는 귀를 기울이지만 사랑이 그대를 부르면 귀를 막아 버린다. 내가 그대들을 사랑하기에, 그대들은 이렇게 말하는 것이다.

'그의 마음은 너무도 부드럽고 유순하고, 그가 가는 길은 너무도 자유롭다. 그의 사랑은 왕의 향연에서도 빵 찌꺼기를 주워 먹는 너무도 궁핍한 자의 사랑이다. 그것은 약자의 사랑이기도 하다. 왜냐하면 강한 자는 강한 자 외에는 사랑하지 않기 때문에.'

내가 그대들을 너무 사랑하기에, 그대들은 이렇게 말한다. '그것은 아름다움과 추함을 구별하지 못하는 눈먼 사랑이다. 그리고 식초를 포도주로 마시는, 맛을 모르는 자의 사랑이다. 그것은 건방지고 오만한 자의 사랑이다. 도대체 어떻게 낯선 자가 우리의

부모형제가 될 수 있단 말인가?'

그대들은 이렇게 말하면서 보다 많은 것을 말했다.

때때로 저잣거리에서 나를 손가락으로 가리키며

조롱하면서 이렇게 말하는 것이다. '어라, 나이를 먹지

않는 놈이 오네. 계절도 없이 낮에는 우리 아이들과

놀고, 저녁에는 노인들과 앉아 지식과 분별을

가장하는 놈이.'

나는 이렇게 말했다. '나는 그들을 더 사랑하리. 그래,

더 사랑하리. 나는 내 사랑을 숨겨 증오인 듯 보이고,

내 따스함을 신랄함으로 가장하리라. 철 가면을

덮어쓰고 무장한 옷을 걸쳤을 때만 나는 그들을

찾아가리라.'

그로부터 나는 그대들의 상처에 엄숙하게 손을 올리고

밤의 폭풍처럼 그대들의 귀에 천둥을 울렸다.

지붕 위에서 나는 그대들이 위선자, 형식주의자,

사기꾼이며 내실 없는 공허한 대지의 거품이라고

선언했다.

한 걸음 앞을 내다보지 않는 사람들을 나는 눈먼

박쥐라고 욕했다. 그리고 너무도 현세적인 사람들을

혼이 없는 지렁이에 비유했다.

말 잘하는 사람들을 두 개의 혓바닥이라 하고, 말 없는 사람들을 돌 혓바닥, 단순하고 손재주 없는 사람들을 죽어도 죽어도 다시 죽고 싶어 할 죽은 자라고 외쳤다. 세계의 지식을 찾는 사람들을 성령을 더럽히는 무뢰한이라 비난하고, 성령 말고는 아무것도 원하지 않는 사람들을 수면에 그물을 던져 자신의 이미지만을 잡는 환상의 어부라고 손가락질했다.

이렇게 나의 혀는 그대들을 탄핵했다. 그러나 내 마음은 피눈물을 흘리며 그대들의 이름을 부드럽게 부르고 있었다.

내가 말한 것은 스스로가 스스로에게 채찍질하는 사랑이었다. 먼지 속에서 발버둥치고 있었던 것은 반죽임당한 자존심이었다. 지붕 위에서 울부짖은 것은 그대들의 사랑에 대한 갈증이었다. 그러나 내 사랑은 조용히 무릎을 꿇고 그대들의 용서를 구하며 기도하고 있었다.

그러나 이 기적은 무엇인가!

그대들의 눈을 열게 한 것은 나의 위장이며, 그대들

마음의 눈을 뜨게 한 것은 나의 가장된 증오였다.

이제 그대들은 나를 사랑한다!

그대들은 그대들을 칠 칼을 사랑하고, 그대들의
가슴을 꿰뚫으려 하는 화살을 사랑했다. 왜냐하면
상처를 받을 때 그대들은 위안받고, 자신의 피를 마실
때만 그대들은 취할 수 있기 때문이다.

화염 속으로 뛰어드는 불나방처럼 그대들은 매일 나의
뜰에 모여들었다. 얼굴을 들고 황홀한 눈으로 내가
그대들의 옷을 찢어발기는 것을 보는 것이다. 그리고
그대들은 서로 이렇게 말한다.

'그는 신의 빛으로 모든 것을 본다. 그는 태고의
예언자처럼 말한다. 그는 우리의 혼을 밝히고 우리의
마음을 열어젖힌다. 여우의 길목을 아는 독수리처럼
그는 우리의 길을 안다.'

그렇다. 분명 나는 그대들의 길을 안다, 그러나
독수리가 병아리의 길을 아는 정도밖에 모른다. 나는
즐겁게 나의 길을 밝히리라. 그러나 그대들의 친절한
마음을 필요로 하기에 나는 서먹서먹함을 가장하며,
그대들의 사랑이 썰물처럼 빠져나가는 것을

두려워하기에 내 사랑의 문을 닫아 버린다."

이렇게 말한 다음 선구자는 손으로 얼굴을 가리고 흐느껴 울었다. 왜냐하면 그는 마음속에서 가면을 덮어쓸 수 없어 상처 입은 사랑이 위장하고 승리를 구하는 사랑보다 크다는 것을 잘 알고 있었기 때문이다. 그는 부끄러웠다.

그는 갑자기 얼굴을 들고 잠에서 깨어난 사람처럼 기지개를 켜고 말했다.

"날은 밝았다. 내 밤의 아이들은 새벽이 언덕에서 얼굴을 내밀자마자 다시 죽어야 한다. 그리고 우리의 잿더미에서 더 커다란 사랑이 솟아날 것이다. 그 사랑은 햇빛 속에서 웃고, 결코 죽지 않을 것이다."

다른 바다

어떤 물고기가 다른 물고기에게 말했다.

"우리가 사는 바다 위에는 또 다른 바다가 있어서,
거기에도 살아 있는 것들이 헤엄을 치고 다녀. 그들도
우리가 사는 것처럼 살아."

"헛소리! 너 자다가 일어났어! 우리가 사는 바다에서
손마디 하나만큼만 벗어나도 죽는다는 걸 알잖아. 너,
다른 바다에도 생명이 산다는 증거라도 있어?"

나
그
네

나그네

나는 네거리에서 그 사람을 만났다. 그가 가진
것이라고는 겉옷과 지팡이 하나와 얼굴에 내리깔린
고통의 베일뿐이었다. 인사를 나눈 다음 나는 그에게
말했다.

"우리 집으로 갑시다. 잘 모실 게요."

그가 왔다.

아내와 아이들이 문 앞에 서서 우리를 맞았다. 사내는
미소를 지었고 아내와 아이들은 그를 환영했다.

우리는 함께 식탁에 둘러앉아 그를 반겼다. 왜냐하면
그에게는 뭔지 모를 조용하면서도 신비로운 분위기가
감돌았기 때문이다.

저녁식사가 끝난 뒤, 우리는 불 앞에 모여 앉아 그에게
세상에 떠도는 이야기를 해 달라고 말했다.

그날 밤, 그리고 다음날 낮까지 그는 우리에게 많은
이야기를 들려주었다. 그러나 지금 이렇게 적는 그의

이야기는 그 자신이 선량한 사람이었음에도 불구하고
겪지 않으면 안 되었던 하루하루의 고통으로부터 나온
것이었다. 그리고 그것은 그가 걸어온 길의 먼지와
인내로 이루어진 것이었다.

사흘 후 그는 떠났지만 우리는 도무지 손님이 가
버렸다는 실감을 가질 수 없었다. 오히려 우리 가운데
한 사람이 밖에 나가서 아직 돌아오지 않은 듯한 그런
기분이었다.

독수리와 종달새

종다리와 독수리가 작은 언덕 꼭대기에서 만났다.

종다리가 말했다.

"안녕하세요?" 독수리는 종다리를 내려다보면서 잘

들리지도 않는 목소리로 "안녕" 하고 말했다.

종다리가 말했다. "건강하시죠?"

"으응." 독수리가 말했다.

"모든 게 좋아. 그런데 자네는 조류의 왕인 내가 말을

걸기 전에 먼저 말을 걸어서는 안 된다는 율법을

모르나?"

종다리가 말했다.

"나 또한 당신과 같은 새. 모두 형제 아닌가요?"

독수리는 경멸하는 듯한 눈초리로 종다리를

내려다보며 말했다.

"도대체 어디 사는 어떤 놈이 자네와 내가 형제라고

하던가?"

종다리가 말했다.

"그럼 나도 한 마디 해야겠습니다. 나는 당신보다 더 높이 날 수 있을 뿐만 아니라, 노래를 불러 이 땅에 사는 다른 생명들에게 기쁨을 줄 수 있죠. 하지만 당신은 다른 생명에게 어떤 즐거움도 기쁨도 줄 수 없지 않나요?"

이 말을 듣고 독수리는 격노해 말했다.

"뭐야, 즐거움과 기쁨이라고? 이 건방진 녀석! 내 부리로 한번 찍어 버리면 너 같은 건 먼지처럼 흩어져 버려. 내 발톱만큼도 안되는 놈."

그러자 종다리는 날아올라 독수리의 등에 앉았다. 독수리는 날개를 퍼덕이기 시작했다. 독수리는 약이 올라 이 작은 새를 떨어뜨리려고 더 빨리 더 높이 빙글빙글 날아다녔다. 그러나 종다리는 떨어지지 않았다. 이윽고 독수리는 작은 언덕의 바위 위에 내려앉아 등에 작은 새 한 마리를 태운 채 참을 수 없을 만큼 화가 난 자신의 신세를 한탄했다.

바로 그때 작은 거북이가 다가와 이 광경을 보고 웃었다. 그는 너무 심하게 웃어젖혀서 하마터면

뒤집어질 뻔했다.

독수리는 거북이를 내려다보며 이렇게 말했다.

"어이, 땅바닥을 벌벌 기어 다니는 바보 같은 놈. 뭐가 그렇게 우스워?"

거북이는 말했다.

"글쎄, 네 모습이 꼭 말 같아서. 작은 새가 너를 타고 있잖아. 저 작은 새가 너보다 멋진걸."

독수리는 거북이에게 말했다.

"주둥아리 함부로 놀리지 말고 꺼져. 이건 내 동생 종다리하고 나의 집안일이야."

사랑 노래

어떤 시인이 몹시 아름다운 사랑 노래를 지었다. 그는
복사본을 많이 만들어서 친구와 남녀 할 것 없이
아무에게나 보냈다. 산 하나 너머에 사는 한 번밖에
만난 적 없는 젊은 여인에게도 보냈다.

그로부터 이틀이 채 지나지 않아 그 젊은 여인의
심부름꾼이 편지를 들고 찾아왔다. 편지에는 이렇게
씌어 있었다.

"결코 입에 발린 말이 아니에요. 나는 당신이 보내
주신 노래에 진심으로 감동했습니다. 빨리 오셔서
나의 부모님을 만나 주세요. 우리 결혼해요."

시인은 다음과 같이 답장을 보냈다.

"나의 친구여, 그것은 한 시인이 만들어 낸 단순한
노래에 지나지 않습니다. 모든 남자와 여자를 위해
부른 사랑 노래입니다."

그녀는 다시 편지를 보냈다.

"말뿐인 위선자, 거짓말쟁이! 오늘부터 무덤에 들어갈 때까지 나는 시인이라면 모두 미워할 거야."

눈물과 울음

어느 어스름한 나일 강변의 저녁나절, 하이에나와 악어가 스쳐 지나가다 발을 멈추고 인사를 나누게 되었다.

하이에나가 답했다.

"오늘 기분 좋으시오?"

악어가 답했다.

"완전히 기분 잡친 하루였지요. 때때로 나는 고통과 슬픔으로 훌쩍입니다만, 그때마다 다른 동물들은 이렇게 말하지요. '저건 어차피 악어의 눈물이야.' 그것이 나를 말할 수 없이 가슴 아프게 합니다."

하이에나가 말했다.

"당신은 자신의 고통과 슬픔을 말하는군요. 그런데 잠시 내 얘기를 들어 보세요. 나는 이 세상의 아름다움, 그 경이와 기적에 눈을 뜰 수가 없습니다. 그래서 너무 기쁜 나머지 태양의 빛이 웃음을

터뜨리기라도 하는 것처럼 웃어젖히지요. 그러면
밀림에 사는 동물들은 이렇게 합니다. '저건 어차피
하이에나의 웃음이야'라고요."

축제일

매우 아름다운 한 시골 소녀가 축제에 참가했다.
그녀의 얼굴은 백합이나 장미처럼 아름다웠고,
머리카락에는 석양의 은은한 화려함이, 입술에는
동틀녘의 햇살이 감돌았다.
이 아름다운 이방의 여인을 보자마자 젊은이들은 앞을
다투어 그녀 앞에 무릎을 꿇고 둘러쌌다. 그녀에게
춤을 신청하는 젊은이가 있는가 하면 과자를 날라
주겠다고 하는 자도 있었다. 그리고 모두 그녀의 볼에
입을 맞추려 했다. 오늘은 무례를 범해도 괜찮은
축제일이 아닌가!
그러나 소녀는 너무 놀라 그 젊은이들을 나쁜
사람이라고 생각했다. 그들을 나무라며 한두 사람의
뺨을 때리기도 했다. 젊은이들은 소녀의 주위를
떠났다.
저녁나절 집으로 돌아오며 소녀는 마음속으로

생각했다.

"아이 기분 나빠. 그 사람들 도대체 돼먹지 못했어.
도저히 참을 수 없어."

그로부터 일 년이 지났지만 아름다운 소녀는 그
축제일과 젊은이들의 일만을 줄곧 생각했다. 그녀는
다시 축제일에 외출했다. 백합이나 장미를 보는 듯한
아름다운 얼굴에 머리카락에는 석양의 은은한
화려함이, 입술에는 동틀녘의 햇살이 감돌았다.
그러나 젊은이들은 그녀와 얼굴이 마주치자 고개를
돌리고 마는 것이었다. 하루 종일 아무도 말을
걸어오지 않아 그녀는 내내 외로웠다.
저녁나절 집으로 돌아오며 그녀는 마음속으로 이렇게
외쳤다.

"아이 기분 나빠. 그 사람들 도대체 돼먹지 못했어.
도저히 참을 수 없어."

두 왕녀

샤와스키 왕국의 왕자는 남녀노소 할 것 없이 모든
사람에게 사랑받았다. 들짐승들조차 왕자의 안부를
물어 찾아올 정도였다.

그런데 사람들은 그 부인이 그를 사랑하지 않을 뿐만
아니라 오히려 미워한다고 수군거렸다.

어느 날, 이웃나라 왕녀가 샤와스키의 왕녀를 만나러
왔다. 함께 앉아 이야기를 나누던 사이 어느덧
자신들의 남편을 화제에 올리게 되었다.

샤와스키의 왕녀는 격렬한 어조로 말했다.

"당신이 부러워요. 당신은 결혼해서 많은 세월이
흘렀음에도 여전히 남편인 왕자님과 행복하게
살아가고 있잖아요. 나는 남편이 미워요. 그는 나
혼자만의 사람이 아니기 때문이에요. 나는 이
세상에서 가장 불행한 여자예요."

그러자 이웃나라 왕녀는 그녀를 찬찬히 들여다보면서

이렇게 말했다.

"당신은 진정으로 왕자님을 사랑하는군요. 그렇고
말구요. 당신은 그에 대한 꺼지지 않은 열정을
고스란히 간직하고 있어요. 그것은 여자의 인생 그
자체, 뜰 속의 신선한 봄을 불러오는 것과 같은
열정이지요. 이제 나와 내 남편을 불쌍히 여겨 주세요.
우리는 서로 입을 다문 채 참고 있을 뿐이에요.
그런데도 당신이나 사람들은 우리가 행복하다고
말한답니다."

번개

바람이 드센 어느 날, 그리스도교의 사제가 관할하는 대성당에 한 이교도 여인이 찾아와 말했다.
"나는 그리스도교가 아닙니다. 내가 지옥의 불구덩이를 피할 수 있을까요?"
사제는 여인을 뚫어지게 쳐다보고 나서 이렇게 대답했다.
"없지. 구원은 성령과 물의 세례를 받은 자에게만 있는 것이니까."
그 말이 채 끝나기도 전에 하늘을 가로지르는 번개가 굉음을 내며 대성당 위로 떨어졌다. 대성당은 불에 휩싸이고 말았다.
마을 사람들이 급히 달려와 여인을 구출했다. 그러나 사제는 불에 타 형체도 찾아보기 힘들었다.

은자와 짐승들

옛날, 녹음이 짙은 언덕에 한 은자가 살고 있었다.
그의 정신은 참으로 고결했고, 마음은 티끌 하나 없이
순수했다. 그리하여 땅을 기는 짐승들과 하늘을 나는
새들이 짝에 짝을 지어 그를 찾아왔다. 은자는
짐승들에게 설법을 베풀었고 짐승들은 기쁜 마음으로
은자의 말에 귀 기울였다. 저녁나절 은자가 그들에게
축복을 내리고 숲과 바람 속으로 돌아가기까지 그들은
그의 곁을 떠나려 하지 않았다.
어느 날 저녁, 그가 사랑에 대해 말하는데 한 마리
표범이 머리를 들어 은자에게 말했다.
"당신은 지금 우리에게 사랑에 대해 말씀하고
계십니다. 그런데 은자여, 당신의 짝은 어디에
있습니까?"
은자가 말했다.
"나에게는 짝이 없다오."

놀람에 찬 탄성이 짐승들 사이에서 튀어나왔다.

그들은 입에 입을 모아 수군거리기 시작했다.

"사랑도 안 하고 짝도 안 짓는 주제에 잘도 우리에게
설교를 했군!"

그리고 아무 말 없이 경멸의 몸짓을 보이고 모두 그의
곁을 떠났다.

그날 밤 은자는 거적때기 위에 머리를 박고 자신의
손으로 가슴을 치면서 드세게 흐느껴 울었다.

예언자와 어린이

옛날, 예언자 샤리오가 뜰에서 한 아이를 만났다.
아이는 그에게 달려와 "안녕" 하고 인사했다. 은자도
"안녕, 그런데 혼자서 노는 모양이네" 하고 말했다.
아이는 밝게 웃으며 이렇게 말했다.
"유모를 떼 버리느라 얼마나 애를 먹었는지 몰라.
그녀는 내가 저 담 건너편에 있는 줄 알아. 난 여기
있는데 말이야."
아이는 예언자의 얼굴을 쳐다보며 또 이렇게 말했다.
"너도 혼자로구나. 넌 유모를 어떻게 따돌렸어?"
예언자가 대답했다.
"아, 그게 참 그런 것이⋯ 난 도무지 그녀를 따돌릴
수가 없단다. 그런데 지금은 내가 이 뜰 안에 있는
줄도 모르고 저 담 건너에서 나를 찾고 있어."
아이는 손뼉을 치면서 말했다.
"그렇다면 너랑 나랑 똑같아! 사라져 버린다는 게

얼마나 멋진지 몰라, 그렇지?"

그리고 아이가 물었다.

"그런데 넌 누구야?"

예언자가 빙그레 웃으면서 대답했다.

"나는 예언자 샤리오라고 한단다. 그러는 넌 누구?"

아이가 말했다.

"나는 나. 유모는 나를 찾고 있어. 그렇지만 그녀는
내가 어디에 있는지 몰라."

예언자는 허공을 쳐다보며 이렇게 말했다.

"나도 겨우 잠시 동안 유모의 눈을 피할 수 있을
뿐이야. 그렇지만 곧 나를 찾아낼 거야."

아이도 말했다.

"내 유모도 곧 나를 찾아낼 거야."

그때 아이의 이름을 부르는 여인의 목소리가
들려왔다. 그러자 아이는 그 보란듯이 말했다.

"봐, 그녀가 나를 찾아낼 거라고 했잖아."

마침 그때 다른 목소리가 들려왔다.

"샤리오, 어디 있니?"

예언자가 말했다.

"봐, 그녀도 나를 찾아냈어."

샤리오는 얼굴을 돌리고 대답했다.

"나 여기 있어."

진주

어떤 굴이 곁에 붙어 있는 다른 굴에게 말했다.

"나는 도저히 감당할 수 없는 고통을 품고 있어.

둥그런 것이 얼마나 무거운지, 너무 힘들어."

다른 굴이 오만하게 자기만족에 빠져 이렇게 말했다.

"천국을 노래하라! 바다를 찬양하라! 내게는 아무런

고통도 없나니. 나는 안과 밖이 모두 건전하고 완전한

존재이니."

그때 게 한 마리가 지나가면서 굴들의 대화를 듣게

되었다. 게는 안과 밖이 모두 건강하고 완전한 굴에게

말했다.

"확실히 넌 건강하고 완전해. 그렇지만 네 이웃이 겪는

고통은 바로 아름다운 진주를 낳기 위한 것이야."

육체와 정신

한 쌍의 남녀가 봄날의 창가에 다정히 앉아 있었다.

여자가 말했다.

"자기야, 사랑해. 자긴 너무 멋지고, 돈도 많고, 언제나
말쑥하게 차려입고 있으니까."

남자가 말했다.

"나도 사랑해. 그대는 아름다운 사상이며, 손이 닿을
수 없을 만큼 머나먼 곳에 있는 꿈속의 노래 같아."

그러자 여자는 화를 내며 얼굴을 돌리고는 이렇게
말했다.

"앞으론 나를 찾지 마. 나는 사상도 아니고 자기
꿈속에서 살아가는 노래도 아니야. 나는 자기가 나를
아내로서, 태어날 아이의 어머니로서 봐 주기를
바랐어."

그들은 헤어졌다. 남자는 마음속으로 중얼거렸다.

'보라, 또 하나의 꿈이 안개 속으로 사라져 가고 있다.'

여자는 또 이렇게 생각했다.

'흥, 나를 무슨 꿈이나 안개로 바꾸어 버리는 별 볼 일 없는 인간.'

왕

사디크 왕국의 백성들이 반란을 일으켜 왕궁을
둘러싸고는 함성을 질러댔다. 왕은 한 손에는 왕관을
한 손에는 지팡이를 들고 궁전 계단을 내려왔다. 그
당당한 풍모에 군중들은 몸을 움츠렸다. 국왕은 그들
앞에 서서 이렇게 말했다.

"친구들이여, 그대들은 이제 나의 백성이 아니라오.
여기 내 왕관과 지팡이를 그대들에게 넘겨주겠소.
나도 백성의 신분이 될 것이오. 나는 한 사람의 백성에
지나지 않지만, 인간으로서 우리들의 운명을 더
아름답게 하기 위해 당신들과 함께 일할 것이오. 왕
같은 건 필요 없소. 자, 함께 포도밭으로 가서 손에
손을 잡고 일해 보지 않겠소? 당신들은 이제 내가 가서
일해야 할 밭과 포도밭을 가르쳐 주어야 하오. 이제
당신들 모두가 왕이라오."

백성들은 경이에 빠졌다. 침묵이 그들을 감쌌다.

왜냐하면 자신들의 불만을 꿰뚫어본 왕이 그들이 보는
앞에서 왕관과 지팡이를 넘겨주고 자신들과 같은
백성의 한 사람이 되었기 때문이다.

잠시 후 반란을 일으킨 무리들은 한 사람 또 한 사람
그 자리를 떠나기 시작했다. 그리고 왕은 한 사나이와
함께 밭으로 나갔다.

사디크 왕국은 왕이 없어졌는데도 도무지 나아지지
않았다. 불만이 안개처럼 나라를 뒤덮었다.

백성들은 시장에 모여 "통치자가 필요하다, 우리를
다스려 줄 왕이 필요하다"라고 외치기 시작했다.

그리고 늙은 사람 젊은 사람 할 것 없이 모두 입에
입을 모아 "우리들의 왕을 모시자"라고 외쳤다.

그들은 왕을 찾아 나섰고, 잠시도 쉬지 않고 밭에서
일하는 왕을 발견했다. 그들은 왕을 다시 옥좌에
앉히고 그에게 왕관과 왕의 지팡이를 주었다. 그리고
이렇게 말했다.

"자, 왕이시여! 우리를 다스려 주소서. 힘과
정의로움으로."

왕이 말했다.

"좋아. 나는 이제 힘으로 너희들을 다스릴 것이다.
하늘과 땅의 신명이시어, 내가 정의롭게 다스릴 수
있도록 보살펴 주소서!"

남자와 여자의 무리가 왕 앞으로 나와 그들을
학대하는 남작을 고발했다. 왕은 즉시 남작을 소환해
말했다.

"신의 저울에 달아 보면 생명의 무게는 누구든 똑같다.
그러나 그대는 밭과 포도밭에서 일하는 사람들의
생명의 무게를 알지 못한다. 그러므로 그대를
추방하노니, 영원히 이 왕국을 떠나라."

다음날 다른 무리가 왕 앞으로 나와 언덕 저편에 사는
백작 부인의 잔혹함을 고발했다. 그녀가 얼마나
그들을 괴롭히는지 왕에게 말한 것이다. 즉시 백작
부인은 궁정에 소환되었고, 왕은 그녀에게 추방을
선언했다.

"우리의 밭을 경작하고 우리의 포도밭을 돌보는
백성들은 그들이 생산한 빵을 먹고 그들이 만든
술통의 포도주를 마시는 우리보다 위대한 존재다.
그대는 이런 진리를 알지 못하고 있다. 그러므로

그대는 이 왕국을 영원히 떠나라."

그다음에는 남자와 여자들이 와서 그들의 고통을
말했다. 주교가 대성당을 짓기 위해 사람들에게 돌을
나르고 자르게 하면서 아무 보수도 주지 않는다는
것이었다.

주교의 금고에는 금과 은이 넘쳐흐르는데도 말이다.
그래서 자신들은 언제나 굶주림으로 배를 움켜쥐고
있다는 것이었다.

왕은 주교를 불렀다. 주교가 나타나자 왕은 그에게
말했다.

"그대의 가슴에 걸린 십자가는 모든 생명에게 생명의
빛을 던져 준다는 것을 의미하는 것이다. 그런데
그대는 오히려 생명으로부터 생명을 빼앗고 아무것도
주지 않았다. 그러므로 그대는 영원히 이 왕국을
떠나라."

이렇게 사람들은 한 달 동안 매일 왕 앞에 나가 자신이
처한 고통스런 현실에 대해 말했다. 그리고 한 달 동안
매일 백성을 억압한 자들이 왕국에서 추방되었다.

사디크의 백성들은 놀라면서 마음속으로 탄성을

터뜨렸다.

어느 날 늙은 사람과 젊은 사람들이 왕의 궁성을
둘러싸고 왕을 불렀다. 왕은 한 손에는 왕관을 다른 한
손에는 왕의 지팡이를 들고 궁전의 계단을 내려왔다.
그는 사람들에게 말했다.

"자, 내가 어떻게 하면 좋겠는가? 보라, 나는 그대들이
내게 준 이것을 그대들에게 돌려주리라."

사람들은 외쳤다.

"아닙니다. 아닙니다. 당신은 우리의 왕이십니다.
독사가 우글거리던 이 땅을 깨끗이 청소해 주시고
이리들을 멀리 쫓아 주셨습니다. 우리는 당신에게
감사와 축복의 노래를 바치기 위해 온 것입니다.
왕관은 당신의 장엄함과 함께 당신의 것이며, 왕의
지팡이는 당신의 영광과 함께 당신의 것입니다."

왕이 말했다.

"아니다, 그렇지 않다. 그대들 하나하나가 모두
왕이다. 그대들이 악하고 의롭지 못한 통치자를
만났을 때는 그대들 스스로가 악하고 악정을 행하는
것이다. 지금 이 땅이 선정(善政)으로 행복한 것은

그대들 자신이 그것을 원했기 때문이다. 나는
그대들의 정신 속 사고에 지나지 않으며 그대들의
행동 없이는 존재할 수 없다. 통치자 같은 것은
존재하지 않는다. 스스로를 통치하기 위해서만
통치받는 자가 존재한다."

왕은 왕관과 왕의 지팡이를 들고 거처로 다시
들어갔다. 늙은이와 젊은이들은 모두 만족하고 제각각
집으로 돌아갔다.

그들은 모두 자신이 한 손에는 왕관을 다른 한 손에는
지팡이를 든 왕이라고 생각했다.

모래 위에

한 사내가 어떤 사람에게 말했다.

"옛날, 만조의 바닷가 모래 위에 나는 지팡이 끝으로
선을 그었어요. 지금도 사람들은 그걸 읽으려고
발걸음을 멈추지요. 그리고 그것이 지워지지 않도록
조심합니다."

다른 한 사내가 말했다.

"나도 모래 위에 선을 그었어요. 그런데 그때는
간조였어요. 그래서 망망한 바다의 파도가 그것을
지워 버렸고요. 그런데 당신은 모래 위에 뭐라고
적었나요?"

처음의 사내가 대답했다.

"나는 이렇게 썼지요. '나, 큰 바다의 작은
물방울'이라고."

세 가지 선물

옛날 베샤르 성에 자비로운 왕자가 있었다.

백성들이라면 누구나 그를 사랑하고 존경했다. 그러나
단 한 사람, 비할 데 없을 만큼 가난한 자가 있었는데,
그는 왕자에게 적의를 품고 끊임없이 왕자를
괴롭혔다.

왕자는 이 사실을 잘 알고 있었지만 관용을 베풀었다.

그러던 어느 날 왕자는 드디어 모종의 결심을 했다.

어느 겨울 밤, 사내의 집에 왕자의 사자가 밀
한 봉지와 비누 한 봉지, 사탕 덩어리 하나를
가져왔다.

사자는 이렇게 말했다.

"왕자는 그대의 이름을 오래오래 기억하기 위해
이렇게 선물을 보냈습니다."

사나이는 우쭐해졌다. 왜냐하면 그 선물을 왕자가
자신에게 보낸 공물이라 생각했기 때문이다. 사나이는

거드름을 피우며 사제에게 가서 왕자가 선물을
보냈다고 자랑한 다음, "왕자가 내게 얼마나 깊은
호의를 가지고 있는지 잘 아시겠지요?"라고 말했다.
사제는 말했다.

"아아, 과연 현명한 왕자시도다. 그러나 그대는 너무도
어리석구나! 왕자는 그대에게 상징으로 이야기한
것이다. 한 봉지 밀은 그대가 배고파하고 있다는 것을,
비누는 그대의 피부가 더럽다는 것을 가리킨다.
그리고 한 덩어리 사탕은 그대의 험악한 혀를
조금이라도 달콤하게 만들기 위한 것이다."

그날 이후 사내는 스스로 혐오감에 빠졌다. 왕자에
대한 그의 증오심은 이전보다 더 강렬해졌고, 왕자의
진의를 자신 있게 가르쳐 준 사제에 대해서도 깊은
증오심을 품게 되었다.

그러나 그 이후 그는 침묵을 지켰다.

전쟁과 평화

세 마리 개가 일광욕을 즐기며 이야기를 나누고
있었다. 그중 한 마리가 꿈꾸듯이 말했다.
"지금 이 시대에 개들의 왕국에 태어난 것이 얼마나
다행스러운지 몰라. 육지와 바다, 그리고 하늘을
얼마나 간단히 여행할 수 있게 되었는지를 생각해 봐.
또 개들을 쾌적하게 하기 위해, 눈과 귀와 코를 즐겁게
하기 위해 만들어진 물건들을 생각해 보란 말이지."
다른 한 마리가 말했다.
"우리는 점차 예술적인 것에도 마음을 쏟게 되었어.
달을 바라보며 선조들보다 훨씬 더 음악적으로 짖을
수 있게 되었지. 물을 거울삼아 들여다보아도 우리
얼굴이 이전보다 더 뚜렷하게 보이지 않아?"
나머지 한 마리가 말했다.
"그러나 무엇보다 흥미롭고 내 마음을 따듯하게 하는
건 우리들 개가 사는 나라들 사이의 평온한 관계야."

바로 그 순간 그들은 보았다. 주인 없는 개를 잡는
사냥꾼들이 다가오고 있지 않은가!

세 마리 개는 벌떡 일어나 허둥지둥 도망치기
시작했다. 도망치면서 세 마리 개는 이렇게 말했다.

"아아, 제발… 다리야 나를 살려다오. 문명이 우리를
잡으러 온다."

춤꾼

옛날 비르카샤 왕자의 궁정에서 한 여자 무용수가
악사 둘과 함께 공연을 했다. 그녀는 궁정에 들어가
왕자 앞에서 류트와 플루트에 맞춰 춤을 추었다.
그녀는 불춤, 칼춤, 창춤, 별춤, 우주의 춤을 추었다.
마치 바람 속의 꽃잎과도 같이 춤을 추었다.
춤이 끝나자 그녀는 왕자의 옥좌 앞에 깊이 머리를
숙였다. 그러자 왕자는 그녀를 가까이 불러 이렇게
말했다.
"아름다운 여인이여, 우아함과 환희의 여인이여.
그대의 춤은 어디에서 나온 것인가? 그대여, 그대 춤의
리듬과 율동의 모든 것을 주재하는 그 힘은 도대체
어디에서 나오는 것인가?"
무용수는 다시 한 번 왕자에게 머리를 숙이고 이렇게
대답했다.
"힘차고 아름다우신 전하. 나는 전하의 질문에 대한

답을 알지 못합니다. 다만 이것을 알고 있습니다.
철학자의 혼은 철학자의 머릿속에 살고 있지만,
춤추는 자의 혼은 춤추는 자의 몸 모든 곳에 머물고
있다는 것을."

수호천사

어느 저녁나절 두 천사가 성문 앞에서 만났다. 그들은
인사를 한 후 이야기를 나누었다.

한 천사가 말했다.

"요즘 뭘 하고 지내지? 무슨 일을 맡았어?"

다른 천사가 말했다.

"나는 계곡 아래 사는 한 사내의 수호자 역할을
하는데, 죄 많은 사내인 데다 너무 타락했어. 아주
중요한 일이라서 목숨을 걸고 임무를 수행할
생각이야."

처음의 천사가 말했다.

"그건 간단한 임무잖아. 나도 전에 몇 번 죄 많은
사람의 수호천사 일을 한 적이 있어. 지금은 저쪽
정자에 사는 성자를 지키는데, 이 일은 많이 힘들기도
하지만 좀 미묘해."

다른 천사가 말했다.

"건방진 얘기하지 마. 어떻게 성자를 수호하는 일이 죄인을 수호하는 일보다 어렵다는 거야?"

상대 천사가 말을 받았다.

"무례하네! 내가 건방지다고? 나는 진실을 말했을 뿐이야. 건방진 건 오히려 자네야."

이렇게 해서 두 천사는 말싸움을 벌이게 되었다. 처음에는 말뿐이었지만 어느 사이에 주먹과 날개로 치고받는 지경에 이르렀다.

그들이 싸우고 있을 때 대천사가 그 곁을 지났다. 그는 싸움에 뛰어들며 이렇게 말했다.

"왜들 싸워? 도대체 왜 그래? 수호천사의 몸으로 성문 앞에서 싸움을 벌인다는 게 얼마나 부끄러운 일인지 몰라? 말해 봐, 왜 싸우는지."

두 천사는 동시에 종알거리면서 제각기 자신이 맡은 임무가 더 어렵다고, 따라서 자신이 보다 높이 평가받아야 한다고 주장했다.

대천사는 머리를 저으며 생각에 잠겼다. 그리고 말했다.

"친구들, 나로서는 그대들 중 누가 더 높은 평가와

상을 받아야 하는지 지금은 판단할 수 없네. 그러나 평화를 보전하기 위해, 그리고 수호자의 임무를 더 잘 수행하기 위해 내게 주어진 권한으로 그대들의 임무를 바꾸도록 명령하지. 둘 다 상대의 일이 더 간단하다고 말하니 서로 상대방의 일을 즐겁게 해 보도록."

이렇게 명을 받은 천사들은 제각기 자신이 가야 할 곳으로 갔다. 그러나 둘 다 뒤를 돌아보며 이전보다 더 화가 난 눈매로 대천사를 매섭게 바라보았다. 그들은 각각 마음속으로 이렇게 생각했다.

'아아, 저 대천사 놈! 날이 갈수록 우리 일을 어렵게 만들어!'

대천사는 그 자리에 남아 다시 생각에 잠겼다. 그리고 마음속으로 이렇게 중얼거렸다.

'수호천사들을 더 경계하고 잠시라도 감시의 눈을 게을리해서는 안 되겠어.'

조각상

언덕 저편에 고대의 대가가 조각한 작품을 가진
사내가 살고 있었다. 조각상은 쓰러진 채 집 앞에 놓여
있었고 주인은 거기에 조금도 신경을 쓰지 않았.
어느 날 도시에서 온 학식 있는 사람이 그 집 앞을
지나게 되었다. 그는 조각상을 보고 주인에게 팔
마음이 없느냐고 물었다.
주인이 웃으면서 말했다.
"그렇지만 도대체 누가 보잘것없는 이 더러운
돌덩어리를 산다는 말이오?"
도시에서 온 사람이 말했다.
"저 조각상의 대가로 금화 한 닢을 드리겠습니다."
주인 남자는 놀랍고도 기뻤다.
조각상은 코끼리의 등에 실려 도시로 옮겨졌다.
그로부터 몇 개월이 지난 후, 조각상을 팔아 버린
사내가 도시를 방문했다. 거리를 걸어가는데 어떤

가게 앞에 사람들이 웅성거리고 있는 것이 보였다.

거기서 한 사람이 목소리를 높여 외쳤다.

"자, 세계에서 가장 아름답고 멋진 조각 작품을 구경하세요. 대가의 손에서 만들어진 놀라운 걸작을 보는 데 단돈 은화 두 닢이오!"

호기심이 생긴 사나이는 은화 두 닢을 지불하고 가게 안으로 들어갔다. 그가 본 것은 전에 자신이 금화 한 닢에 판 바로 그 조각상이었다.

교환

옛날, 한 사거리에서 가난한 시인과 유복한 바보가
만나 이야기를 나누게 되었다. 이야기를 나누면서
그들은 제각기 불만만을 품고 있다는 것을 알았다.
그때 길을 가던 천사가 다가와 두 사람의 어깨에 손을
올렸다.
그러자 놀라운 기적이 일어났다. 두 사람의 소유물이
바뀌어 버린 것이다.
그들은 헤어졌다.
기묘하게도 시인이 눈을 뜨고 바라보니 자신의 손에서
메마른 모래만 흘러내리고 있었다.
그리고 바보는 눈을 감으면 언제나 마음속에 떠도는
구름밖에 보이지 않았다.

꿈

어떤 남자가 꿈을 꾸었다. 그는 일어나서 가까운
점쟁이를 찾아가 해몽해 달라고 부탁했다.
점쟁이는 그 남자에게 말했다.
"당신이 깨어 있을 때 보는 꿈을 얘기해 보세요. 그럼
당신의 꿈을 해몽해 드리지요. 당신이 잠을 잘 동안
보는 꿈은 나의 지혜와 당신의 상상력 어디에도
속하지 않는 것이랍니다."

미치광이

내가 그 젊은이를 만난 건 정신병원의 뜰에서였다.

그는 창백하고 사랑스러우며 놀라움에 가득 찬 얼굴을

하고 있었다.

나는 그의 옆에 앉아 이렇게 말했다.

"당신은 왜 여기에 있지요?"

그는 놀라는 얼굴로 나를 바라보며 대답했다.

"질문이 적절하지 않지만 대답하기로 하지요. 내

아버지는 나를 자신의 복제품으로 만들려고 했습니다.

삼촌도 같은 생각을 가지고 있었고요. 어머니는 내게

자신의 저 유명한 남편의 살아 있는 복제품이 되라고

했습니다. 누나는 배 타는 자기 남편을 내가 본받아야

할 완벽한 표본으로 내세웠고요. 형은 내가 자기처럼

멋진 운동선수가 되어야 한다고 생각했지요. 나의

선생님도 그렇게 생각했어요. 철학교수, 음악선생,

논리학자도 모두 나를 거울 속 자신의 얼굴상으로

만들려고 굳게 결심이라도 한 듯했습니다. 그래서

나는 이곳에 오게 되었고, 이쪽이 훨씬 제정신이라는

것을 알았습니다. 적어도 여기서는 내가 내 자신으로

존재할 수 있으니까요."

그리고 그는 갑자기 내게 몸을 돌리며 이렇게 말했다.

"당신은 여기에 무슨 일로 왔나요? 당신도 저 훌륭한

지도와 교육에 밀려 여기에 온 건가요?"

나는 말했다.

"아니오, 나는 방문자입니다."

그가 말했다.

"아아, 그렇다면 당신은 담 저편의 정신병원에 사는

사람이군요."

개구리

어느 여름날 한 마리 개구리가 친구에게 말했다.

"호숫가에 사는 저 사람들, 우리가 부르는 밤 노래에
혹 고통 받고 있는 건 아닐까?"

친구가 대답했다.

"그럴지도 모르지. 하지만 저들도 낮 동안 끊임없이
종알거려서 우리의 잠을 방해하잖아?"

개구리가 말했다.

"그래도 우리가 밤에 너무 심하게 노래하는지도
모른다는 걸 잊지 않기로 하세."

친구가 말했다.

"저들이 낮 동안 너무 심하게 종알거리거나 고함을
지른다는 것도 잊지 않기로 하자고."

개구리가 말했다.

"그런데 이 부근에서 신도 금지하는 그 탁한 목소리로
꽥꽥거리는 왕 개구리는 어떻게 하지?"

친구가 말했다.

"그렇다면 호숫가에서 주절주절 운도 맞지 않는
소음으로 공기를 더럽히는 정치가, 사제, 과학자들은
또 어떡하고?"

개구리는 말했다.

"그래도 우리가 인간보다는 나아야 하지 않겠어?
밤에도 조용히 하면서 우리들의 노래를 가슴속에
간직하도록 하세. 비록 달님이 우리에게 리듬을
요구하고 별님이 우리에게 운을 밟아 주기를 바란다
하더라도 말이야. 적어도 하루나 이틀 또는 사흘 정도
조용히 지내 보도록 하세."

그의 친구가 말했다.

"어쩔 수 없지, 알았어. 어디 그대의 깊은 자비심이
어떤 결과를 가져오는지 보자고."

그날 밤 개구리들은 조용히 지냈다. 그리고 다음날
밤도 조용히 있었다. 그리고 그 다음날도 조용히
지냈다.

그러자 기묘하게도 호반에 사는 말 많은 한 여인이
셋째 날 아침 밥을 먹으러 내려오며 남편에게 이렇게

말하는 것이었다.

"사흘 동안 한숨도 못 잤어요. 나는 개구리들의
시끄러운 노랫소리를 들어야 평화롭게 잠들 수
있는데, 틀림없이 무슨 일이 생긴 모양이에요.
개구리들이 울지 않은 게 벌써 사흘째예요. 잠이
부족해서 정신이 이상해질 지경이네요."

개구리는 이 말을 듣고 친구를 돌아보고 눈짓을 하며
말했다.

"우리도 조용히 지내느라 거의 미칠 지경 아니었어?"

그의 친구가 말했다.

"응, 밤의 침묵은 우리에게 너무 큰 부담이야.
그렇다면 자신의 귀를 공허한 소음으로 가득 채우지
않으면 안 되는 저 사람들의 쾌적한 기분을 위해
우리도 노래를 그만둘 필요가 없을 것 같군."

그날 밤부터 그들의 리듬을 원하는 달님과 운을 밟아
주기를 바라는 별들의 마음은 결코 헛되지 않게
되었다.

법과 입법

옛날 한 옛날, 위대하고 사려 깊은 왕이 있어
백성들에게 법을 만들어 주리라 생각했다. 그는 1천
개의 부족에서 1천 명의 현자를 의사당에 소집해 법을
만들게 했다. 일은 순조롭게 진행되었다.

그러나 양피지에 기록된 1천 개 조항의 법률이 왕에게
전달되었을 때, 그것을 읽은 왕은 마음속으로 슬피
울었다. 그때까지 그는 자신의 왕국에 1천 가지 죄가
있다는 것을 몰랐기 때문이다.

그는 자신의 서기를 불러 입가에 미소를 머금은 채
스스로 법을 정했다. 그 법은 일곱 가지뿐이었다.

1천 명의 현자들은 화가 나서 몸을 부르르 떨며 왕의
곁을 떠나 자신들이 만든 법을 가지고 제각기
부족에게 돌아갔다. 그리고 각 부족은 그들 현자의
법에 따랐다.

이렇게 해서 오늘날까지 1천 개 조항의 법이 남았다.

그곳은 위대한 왕국이었지만 1천 개의 감옥이 있었고, 모든 감옥에는 1천 개의 법을 범한 남자와 여자가 갇혀 있었다.

그곳은 정말로 위대한 나라였다. 그곳의 사람들은 1천 명의 입법자와 한 사람의 현명한 왕의 자손이었다.

철학자와 구둣방

어느 구둣방에 다 떨어진 구두를 신은 철학자가
들어왔다.

철학자가 수선공에게 말했다.

"내 구두를 고쳐 주게."

수선공이 말했다.

"지금은 다른 사람의 구두를 고치고 있어요.
선생님 구두를 손보기 전에 고쳐야 할 구두가
몇 켤레 더 있고요. 여기에 구두를 두고 오늘은
이 구두를 신고 가세요. 구두를 바꿔 신으러 내일 다시
오면 되니까요."

철학자는 분개하며 말했다.

"나는 내 구두가 아니면 안 신어."

수선공이 말했다.

"아, 선생님은 진정한 철학자여서 다른 사람의 구두
따위로 발을 감싸는 일은 할 수 없다는 말이시군요.

근처에 선생님 같은 철학자를 잘 이해하는 수선공이
있으니 그 사람에게 가서 구두를 고치시죠."

다리를 만든 자

아시 강이 바다와 만나는 안타키아 시 반쪽을 다른
반쪽과 연결하기 위해 다리를 놓기로 했다. 다리는
구릉지에서 안타키아의 당나귀 등에 실어 나른 커다란
돌들로 만들어졌다.

다리가 놓인 다음 기둥에는 그리스어와 아람어로 '이
다리는 안티오코스 2세가 세운 것이다'라는 문구가
새겨졌다.

이렇게 해서 사람들은 모두 경치 좋은 아시 강에 놓인
멋진 다리를 건너게 되었다.

어느 날 밤 일부 사람들에게 정신이 약간 이상하다는
말을 듣는 한 젊은이가 문구가 새겨진 기둥을 타고
내려가 그 새겨진 문구를 목탄으로 지우고 그 위에
이렇게 적어 넣었다.

'이 다리의 돌은 당나귀가 산에서 실어 나른 것이다.
그대가 이 다리 위를 지나가는 것은 이 다리의

건설자인 안타키아의 당나귀 등을 타는 것과 같다.'

그 젊은이가 쓴 글을 읽고 어떤 사람은 웃었고 어떤

사람은 경악했다. 그리고 이렇게 말하는 사람도

있었다.

"아, 누가 썼는지 알겠어. 정신이 조금 나간 그 녀석

짓이야."

한 당나귀가 웃으며 동료 당나귀에게 말했다.

"우리가 저 돌을 날랐다는 사실을 기억하고 있지.

그런데 지금까지 저 다리를 안티오코스 왕이

건설했다고들 했잖아."

자드의 들판

한 나그네가 자드 땅의 어느 길에서 그곳 마을에 사는
남자를 만났다. 나그네는 한 손으로 휑뎅그렁하니
넓은 들판을 가리키며 남자에게 물었다.

"여기가 아람 왕이 적군을 무찌른 싸움터 아닌가요?"
남자가 대답했다.

"이 들판이 싸움터였던 적은 한 번도 없습니다. 이전에
이 들판에 위대한 자드의 도시가 번영했지만 불에 타
재가 되어 버렸지요. 하지만 지금은 이렇게 멋진
들판입니다."

나그네는 남자와 헤어졌다.

1킬로미터도 채 가지 않아 나그네는 다른 남자를
만났다. 들판을 가리키며 나그네는 말했다.

"이곳은 이전에 위대한 자드의 도시가 번영을 누리던
곳이지요?"

남자가 말했다.

"이 들판에 도시가 들어선 적은 한 번도 없습니다.
여기엔 커다란 사원이 있었지요. 남쪽나라 사람들에게
파괴되어 버렸지만요."

자드 땅의 같은 길에서 나그네는 세 번째 남자를
만났다. 그는 다시 널따란 들판을 가리키며 말했다.

"여기에 이전에 커다란 사원이 있었다는 것이
사실인가요?"

남자는 대답했다.

"이 땅에 사원이 들어선 적은 한 번도 없습니다. 내
할아버지 할머니는 이 땅에 거대한 운석이 떨어진
적이 있다고 하셨지요."

나그네는 이상하게 생각하며 걸음을 재촉했다. 그는
다시 나이 든 한 남자를 만났다. 나그네는 그에게
인사를 한 다음 이렇게 말했다.

"나는 지나오는 길에서 이 부근에 사는 세 남자를 만나
그들 한 사람 한 사람에게 이 땅에 대해 물었습니다.
그런데 그 사람들은 다른 사람의 말을 모두 부정하고
다른 사람이 말하지 않은 새로운 이야기를 내게 해
주더군요."

노인은 얼굴을 들고 대답했다.

"나그네여, 그들 한 사람 한 사람은 진실로 있었던 일만을 이야기한 것이라오. 하지만 원래의 사실에 다른 사실을 덧붙여 새로운 진실을 만들 수는 없는 법이지요."

황금벨트

어느 날 길에서 만난 두 남자가 콜룸스의 도성
사라미스를 향해 걷고 있었다. 오후 3시경, 그들은
커다란 강에 이르렀는데 강에는 다리가 없었다.
그들은 헤엄을 치거나 그들이 알지 못하는 다른 길을
찾지 않으면 안 되었다.
그들은 이렇게 말을 주고받았다.
"헤엄을 치세. 이 강은 그리 넓지도 않으니 말이야."
그리하여 그들은 물에 뛰어들어 헤엄쳤다.
두 사람 가운데 강과 물의 흐름을 잘 아는 남자가 힘에
부쳐 밀려오는 물살에 휩쓸렸다. 한편 지금까지 한
번도 헤엄쳐 보지 못한 남자는 곧장 강을 건너 저편
언덕에 도달했다. 그리고서 동행자가 아직 물속에
있는 것을 보고 다시 물에 뛰어들어 무사히 강변으로
데리고 나왔다.
물살에 떠내려갔던 남자가 말했다.

"그대는 헤엄을 못 친다고 하지 않았나? 대체 어떻게 저 강을 그리도 자신만만하게 건널 수 있었는가?"

남자는 대답했다.

"친구여, 내가 맨 이 벨트가 안 보이나? 여기에는 내 아내와 자식들을 위해 벌어들인 금화가 가득 차 있다네. 일 년 동안 번 돈일세. 이 강을 건너 아내와 자식이 있는 곳으로 나를 이끌어준 것은 이 황금벨트의 무게라네. 거기에다 내가 헤엄을 칠 동안 아내와 자식들이 내 두 어깨에 타고 있었다네."

두 사나이는 다시 사라미스를 향해 나아갔다.

붉은 대지

한 그루 나무가 남자에게 말했다.

"나는 붉은 대지에 깊이 뿌리를 내리고 있습니다. 나는 당신에게 내 열매를 드리리다."

남자는 나무에게 말했다.

"우리는 아주 닮았군요. 나도 붉은 대지에 깊이 뿌리를 내리고 있지요. 붉은 대지는 당신이 내게 열매를 줄 수 있는 힘을 줍니다. 또 붉은 대지는 내게 가르쳐 줍니다. 그것을 감사하며 받을 것을."

세상을 버린 예언자

옛날, 세상을 버린 한 예언자가 있었다. 그는 한 달에
세 번 도시로 내려와 여기저기 저잣거리에서 자선을
베풀며 가진 것을 서로 나누어야 한다고 설교했다.
그의 웅변과 명성은 널리 알려졌다.

어느 날 저녁 세 남자가 예언자의 움막을 찾아왔다.
그가 남자들을 맞이하자 그들은 이렇게 말했다.

"선생님은 지금까지 자선을 베풀고 나누어 가지라고
가르쳤습니다. 많이 가진 자가 적게 가진 자에게 나눠
줘야 한다고 가르쳤습니다. 우리는 선생님의 명성이
선생님에게 부를 가져다주었으리라는 것을 의심하지
않습니다. 자, 우리에게 선생님의 부를 나눠 주십시오.
우리는 지금 곤궁에 처해 있습니다."

은자는 대답했다.

"친구들이여, 내게는 이 침대와 이불, 그리고
주전자밖에 없다네. 원한다면 이거라도 가져가게나.

나에게는 금화도 은화도 없다네."

그들은 은자를 경멸하듯 노려보고는 고개를 돌려
버렸다. 그리고 그곳을 마지막으로 나온 남자가 문
앞에 멈춰 서서 이렇게 말했다.

"이 사기꾼! 거짓말쟁이! 어째서 그대는 자신이 할
수도 없는 일을 가르쳤단 말인가?"

아주 오래된 포도주

옛날 자신의 창고와 포도주에 대해 대단한 자긍심을
가진 한 부자가 있었다. 그의 창고에는 그 자신만이
결정할 수 있는 아주 특별한 일을 위해 마련한 오래된
포도주 한 병이 있었다.

그 지방의 정치가가 찾아왔을 때 그는 이렇게
생각했다. '저런 정치가 따위를 위해 저 포도주를 딸
수는 없지.'

교구의 사제가 방문했을 때도 그는 자신에게 이렇게
말했다.

'아냐, 저 병을 딸 수는 없어. 그는 저 포도주의 가치를
잘 알지도 못할 것이고, 그 향기가 그의 코에 머물지도
않을 테니까.'

왕국의 왕자가 그를 방문해 저녁을 함께했을 때도
그는 이렇게 생각했다. '왕자에게도 이 포도주는 너무
과분해.'

그의 조카가 결혼하는 날에도 그는 마음속으로
중얼거렸다.

'저 포도주를 이런 손님들을 위해 따서는 안 되지.'

몇 년이 지나 그도 나이가 들어 죽었다. 그는 한 알의
씨앗이나 도토리처럼 땅에 묻혔다.

그가 죽은 바로 그날, 오래된 포도주는 다른
포도주들과 함께 부근의 농민들에게 나누어졌다.

그것이 얼마나 오래된 포도주인지 사람들은 몰랐다.

그저 한 병의 평범한 포도주에 지나지 않는다고
생각했다.

두 편의 시

오래전, 아테네로 가는 길에서 두 시인이 만났다.
그들은 만남을 진심으로 기뻐했다.
한 시인이 다른 시인에게 물었다.
"최근에 만든 노래가 있습니까? 그 노래는 그대의
비파의 음률에 잘 맞는지요?"
시인은 자신 있게 대답했다.
"나는 이번에 마침 내 작품들 가운데서도 가장 위대한
시를 완성했습니다. 어쩌면 지금까지 그리스어로 쓰인
그 어떤 시보다 훌륭한 시일지도 모릅니다. 그것은
신들의 신 제우스를 부르는 기도시입니다."
그는 이렇게 말하면서 외투 안에서 양피지 한 장을
꺼냈다.
"이걸 보세요. 여기 있습니다. 기쁜 마음으로 당신에게
들려주고 싶군요. 이리로 오세요. 저기 측백나무
아래로 갑시다."

그리하여 시인은 자작시를 낭송했다. 매우 긴 시였다.

다른 시인이 부드럽게 말했다.

"멋진 시로군요. 그 시로 인해 당신은 세세토록 칭송될 것입니다."

시인은 조용히 말했다.

"그런데 그대는 최근에 무엇을 썼는지요?"

다른 시인이 말했다.

"나는 조금밖에 쓰지 못했습니다. 마당에서 놀고 있는 어린이를 노래한 8행시가 전부지요."

그는 그 시를 암송했다.

시인은 그것을 듣고 말했다.

"나쁘진 않군, 나쁘진 않아."

그들은 헤어졌다.

그로부터 2천 년이 지났지만 그 시인의 8행시는 지금도 세계의 모든 언어로 읽히며 소중이 여겨지고 사랑받고 있다.

다른 한 편의 시는 도서관이나 학자의 서재에서 몇 세대에 걸쳐 전해지며 기억되고는 있다. 그러나 단 한 번도 사랑받거나 읽힌 적은 없다.

루트 부인

옛날 사내 셋이 푸른 언덕에 홀로 선 하얀 집을 멀리서 바라보고 있었다. 한 사람이 말했다.

"저것은 루트 부인의 집이지. 나이 든 마녀라네."

다른 한 사람이 말했다.

"틀렸어. 루트 부인은 아름다운 사람이고, 자신의 꿈을 좇아 저기서 사는 거야."

나머지 한 사람은 이렇게 말했다.

"자네들 둘 다 틀렸어. 루트 부인은 이 넓은 땅의 지주로서 농노의 피를 빨아먹는 사람이야."

그들은 루트 부인 이야기를 하면서 걸어갔다.

십자로에서 그들은 한 노인을 만났다. 그중 한 사람이 노인에게 물었다.

"실례합니다. 괜찮으시다면 우리들에게 푸른 언덕 위 하얀 집에 사는 루트 부인에 대해 말씀해 주시지 않겠습니까?"

노인은 얼굴을 들고 그들에게 미소를 보내면서 이렇게
말했다.

"나는 아흔 살이지만 내가 아주 어릴 적의 루트 부인을
아직 기억하고 있다네. 그러나 루트 부인은 80년 전에
돌아가셔서 지금 저 집에는 아무도 살지 않아. 안에서
올빼미가 청승맞게 울 때도 있지. 그리고 거기에서
유령이 나타난다는 소문이 무성하다네."

제값

옛날, 과수원에 석류나무 몇 그루를 가진 사내가
있었다. 가을이 오면 그는 자신의 집 바깥에다
은쟁반에 석류를 담아 손수 쓴 다음과 같은 메모와
함께 두었다.

"마음대로 하나씩 가져가세요."

그러나 사람들은 스쳐 지나갈 뿐 아무도 그 열매를
가져가지 않았다.

사나이는 고민한 끝에 어느 가을날 그의 집 바깥에
커다란 글씨로 쓴 팻말을 놓아두었다.

"여기에 이 나라 최고의 석류가 있습니다. 이곳 석류는
다른 어떤 석류보다 많은 은화를 주어야 살 수
있습니다."

그러자 보라! 그 부근의 남녀 모두가 석류를 사러
밀려드는 것 아닌가.

신과 신들

한 궤변가가 킬라피스 도성의 사원 계단에 서서
수많은 신에 대해 설교했다. 사람들은 마음속으로
이렇게 중얼거렸다.

"뻔한 얘기야. 신들이란 원래 우리와 함께하며, 우리가
사는 곳이라면 어디든 함께 있는 것 아닌가."

그로부터 얼마 지나지 않아 다른 사내가 저잣거리에서
사람들에게 말했다.

"신 따위는 존재하지 않는다."

많은 사람들은 그 말을 듣고 기쁨을 느꼈다. 왜냐하면
그들은 신을 두려워했기 때문이다.

또 다른 날 멋들어진 웅변가가 나타나 이렇게 말했다.

"단 하나의 신만이 존재하나니…."

사람들은 동요했다. 왜냐하면 그들은 마음속으로
유일신의 처벌을 여러 신들의 처벌보다 더 무서워했기
때문이다.

같은 계절에 또 다른 사람이 나타났다. 그는
사람들에게 이렇게 말했다.

"신은 셋이나니, 그들은 바람 속에서 하나로 존재하며
동반자인 동시에 누이 같은 존재다. 또한 모든 것을
감싸는 자비로운 어머니를 두고 계시니."

이 이야기를 듣고 사람들은 가슴을 쓸어내렸다.

왜냐하면 그들은 이렇게 생각했기 때문이다.

'하나가 된 세 명의 신은 필시 우리들의 잘못에 대해
의견이 다를 것이다. 거기에다 그들의 자비로우신
어머니가 불쌍한 약자인 우리를 옹호해 줄 것임에
틀림이 없다.'

그리하여 지금까지 킬라피스의 도성에서는 다신론,
무신론, 유일신, 하나가 된 세 신, 그리고 신들의
자비로우신 어머니에 대한 논쟁이 끊이지 않는
것이다.

귀 먼 여자

옛날에 한 부자가 젊은 아내와 살고 있었다. 그의
아내는 귀가 먼 사람이었다.

어느 날 아침 식사를 하는 중에 그 아내가 남편에게
말했다.

"어제 시장에 나갔더니 다마스쿠스산 비단옷이며
인도산 사리, 페르시아와 야만산 목걸이가 널려
있었어요. 아마도 대상들이 물품을 들여온
모양이에요. 그런데 나를 보세요. 이렇게 허름한 옷을
입었는데 어떻게 부자의 아내랄 수 있겠어요? 저
시장의 좋은 물건들을 갖고 싶어요."

아직 아침 커피를 마시는 중이던 남편이 말했다.

"시장에 가서 당신 마음이 찰 때까지 물건을 사지 못할
이유가 어디 있소?"

그러자 귀가 먼 아내는 이렇게 말했다.

"당신은 언제나 '안 돼, 안 돼'라고만 하시네요. 당신과

가족의 체면을 구기고 싶다면 기꺼이 나는 다 떨어진
옷을 입고 친구들 앞에 나설 수밖에 없지요."
남편이 말했다.
"나는 '안 돼'라고 말한 적이 없어. 당신은 자유롭게
시장에 가서 이 도시에서 가장 아름다운 옷과 보석을
살 수 있소."
그러나 또다시 그의 아내는 그의 말을 잘못 듣고
이렇게 대답했다.
"아무것도 못하게 하는군요. 나의 모든 매력과
아름다움을 막아 버리는군요. 내 또래 다른 여자들은
값비싼 옷을 두르고 도시의 거리를 활보하는데
말이에요."
그녀는 울기 시작했다. 그리고 가슴 위로 눈물을
떨어뜨리며 다시 외쳤다.
"내가 옷이나 보석을 갖고 싶어 할 때마다 당신은
언제나 '안 돼, 안 돼'라고만 하시네요."
남편은 가슴이 아파 자리에서 일어나 지갑에서 한줌
금화를 꺼내 그녀 눈앞에 놓고서 상냥하게 말했다.
"시장에 나가 원하는 것이 무엇이든 다 사도록

하시오.”

그날 이후 귀가 먼 그의 아내는 무엇을 가지고 싶을
때마다 눈물을 글썽이며 남편 앞에 나타났고, 남편은
아무 말 없이 한줌 금화를 그녀의 무릎에 놓아두었다.
그러다 그 젊은 아내가 자주 먼 길을 떠나는 젊은이와
사랑에 빠지고 말았다. 젊은이가 멀리 떠날 때마다
그녀는 창가에 서서 눈물을 흘렸다.

그녀의 남편은 그녀가 그렇게 울고 있는 것을 볼
때마다 마음속으로 이렇게 중얼거렸다.

“또 새로운 상인들이 들어온 모양이군. 저잣거리에
비단 옷이나 진귀한 보석이 널려 있는 모양이야.”
그러고는 한줌 금화를 꺼내 그녀 앞에 놓아두는
것이었다.

탐구

천 년 전의 일이다. 레바논의 구릉지에서 두 철학자가
만났다. 한 사람이 물었다.

"당신은 어디로 가는 길인가요?"

다른 철학자가 대답했다.

"청춘의 샘을 찾고 있지요. 이 구릉지 어딘가에서
솟아난다는 말을 들었어요. 태양을 향해 꽃처럼
피어나는 그 샘을 기록한 문서를 보았지요. 그런데
당신은 무엇을 찾고 있나요?"

남자는 대답했다.

"죽음의 신비를 찾고 있지요."

두 철학자는 서로 상대가 자신이 가진 위대한 지식을
모른다는 사실을 알고는 논쟁을 벌이며 서로의 정신적
어둠을 규탄했다.

두 사람이 목소리를 높이고 있는데 자신이 사는
마을에서 바보 취급을 받는 한 남자가 다가와 두

사람의 논쟁에 귀를 기울였다.

그리고 남자는 철학자들에게 이렇게 말했다.

"두 분, 당신들은 같은 학파에 속한 것 같습니다.

당신들은 같은 문제에 대해 서로 다른 언어를

사용하고 있을 뿐입니다. 한 사람은 청춘의 샘을, 다른

한 사람은 죽음의 신비를 찾고 계시죠? 그러나 그 둘은

같은 것에 지나지 않지요. 그것은 당신들 서로의

내면에 하나로 존재하는 것입니다."

그리고 그는 "안녕, 현자들이여" 하고 멀어져 갔다.

멀어져 가며 그는 필사적으로 웃음을 참았다.

두 철학자는 잠시 조용히 서로의 얼굴을 바라보았다.

그리고 그들도 웃었다. 한 사람이 말했다.

"자, 그럼 함께 걸으면서 찾아볼까요?"

왕의 지팡이

어떤 왕이 왕비에게 말했다.

"왕비, 그대는 진정한 왕비가 아니오. 그대는 나의
짝이 되기에는 너무 저속하고 예의가 없어."

왕비도 말했다.

"폐하, 당신은 자신을 왕이라고 생각하고 계십니다.
하지만 실제로는 불쌍한 허풍쟁이에 지나지
않아요."

이 말을 듣고 왕은 격노해 들고 있던 황금 지팡이로
왕비의 얼굴을 내리쳤다.

마침 그때 왕의 시종이 들어와 이렇게 말했다.

"폐하! 그 지팡이는 이 나라 최고의 예술가가 만든
것입니다. 아아! 언젠가 폐하와 왕비님은 망각의 그늘
속으로 사라질 테지만 이 지팡이는 남게 될 것이며,
아름다운 예술품으로 대대손손 전해질 것입니다.
그럼에도 불구하고 폐하께서는 왕비님의 얼굴에 피를

내고 말았습니다. 이 지팡이는 무엇보다 존중되고
기억되어야 합니다."

작은 길

구릉지에 한 여자와 그녀의 아들이 살고 있었다.

그런데 그녀의 하나밖에 없는 아들이 의사의 치료를

받고도 열병을 이기지 못해 죽었다.

그녀는 슬픔에 젖어 미칠 것만 같았다. 의사에게 울며

매달린 채 이렇게 말했다.

"말해 보세요. 말해 보세요. 도대체 내 아들의 병을

침묵하게 하고, 아이의 노랫소리를 들을 수 없게 만든

것이 무엇인지!"

"열병입니다."

"열병이 뭐죠?"

"뭐라고 설명해야 할까요. 그것은 인간의 신체를

범하는 한없이 작은 것으로, 우리 눈에는 보이지

않는답니다."

그리고 의사는 돌아갔다. 그녀는 끊임없이 이렇게

중얼거렸다.

"무엇인가 한없이 작은 것, 우리의 눈으로는 그것을 볼 수 없다."

저녁이 되자 사제가 그녀를 위로하러 찾아왔다.

그녀는 울부짖으며 말했다.

"아아, 무엇 때문에 내 아들, 하나밖에 없는 내 아들, 처음 낳은 내 아들이 죽어 버렸단 말인가요?"

사제가 말했다.

"신의 의지지요."

그러자 여자가 말했다.

"신이 무엇입니까? 어디에 있습니까? 신을 만나 그의 면전에 내 가슴을 열어젖히고 내 가슴의 피를 그의 발아래 흘리겠어요. 어디로 가면 신을 만날 수 있는지 가르쳐 주세요."

사제가 말했다.

"신은 무한한 존재라오. 그는 우리 인간의 눈에는 보이지 않는다오."

여자가 외쳤다.

"무한히 작은 것이 무한히 큰 것의 의지에 따라 내 아들을 죽였다! 그렇다면 우리는 무엇인가? 우리는 대체 어떤 존재인가?"

마침 그때 여자의 어머니가 죽은 아이를 위해 신의
말씀을 적어 넣은 흰 수의를 가지고 방으로 들어와
딸의 손을 잡고 말했다.

"내 딸아, 우리는 한없이 작은 존재인 동시에 무한히
큰 존재인 것이야. 그리고 우리는 그 둘 사이에 난
작은 길이란다."

고래와 나비

옛날, 한 남자와 여자가 역마차를 탔다. 그들은 이전에 만난 적이 있었다.

남자 시인은 여자 옆에 앉아 그녀를 즐겁게 해 주기 위해 열심히 이야기했다. 자신이 만들어 낸 이야기도 있었지만 그렇지 않은 것도 있었다.

그런데 그가 이야기하던 중에 그녀가 잠들어 버렸다. 갑자기 마차가 기울어지는 바람에 잠에서 깨어난 여자는 이렇게 말했다.

"요나와 고래 이야기에 대한 당신의 해석은 참 재미있군요."

시인이 말했다.

"그런데 부인, 나는 지금까지 내가 지어 낸 나비와 하얀 장미 이야기를, 그들이 어떻게 몸을 움직였는지를 이야기하고 있었어요."

평화

꽃 한 송이를 매단 가지 하나가 다른 가지에게 말했다.

"오늘은 심심하고 공허해."

다른 가지가 말했다.

"그렇지? 정말 심심하고 공허한 하루야."

마침 그때 참새가 가지 하나에, 또 다른 참새가 다른

가지 하나에 내려앉았다.

그중 한 마리가 짹짹거리면서 이렇게 말했다.

"애인에게 차였어."

다른 참새가 외쳤다.

"내 애인도 가 버렸어. 그녀는 돌아오지 않을 거야.

하지만 그게 뭐 대순가?"

두 마리는 짹짹거리며 서로 욕을 하기 시작하더니

마침내 싸우면서 사방으로 시끄러운 소리를 퍼뜨렸다.

갑자기 다른 두 마리가 하늘로부터 휙 날아와 흥분한

두 마리 참새 곁에 조용히 내려앉았다. 그러자 갑자기

평화와 정적이 찾아왔다.

첫 번째 가지가 다른 가지에게 말했다.

"전광석화와도 같은 굉장한 소리가 났었지?"

다른 가지가 말했다.

"그걸 무어라 이름 붙여도 괜찮겠지만 아무튼 지금은 평화롭고 한적하네. 만일 위에 사는 자들이 화해를 했다면 밑에 사는 우리도 사이좋게 지내는 것이 좋지 않을까? 어이, 바람이 불어오면 몸을 흔들어 조금 이쪽으로 오지 않을래?"

그러자 처음의 가지가 말했다.

"아아, 그럴 수만 있다면, 평화를 위해, 봄이 다 가기 전에."

그리고 바람이 불어오자 그는 그녀를 안으려고 몸을 흔들었다.

그림자

6월의 어느 날 어지럽게 흔들리는 어떤 그림자에게
풀이 말했다.

"당신이 좌우로 흔들거리니까 내가 어지러워요."

그림자가 말했다.

"내가 아니오, 내가 아니란 말이오. 하늘을
바라보시오. 저기 바람에 흔들리며 동으로 서로
태양과 땅 사이를 왔다 갔다 하는 느릅나무가 보이지
않소."

풀은 얼굴을 들고 처음으로 나무를 보았다. 그리고
마음속으로 이렇게 말했다.

"아아, 저길 봐. 나보다 커다란 풀이 있다니!"

풀은 입을 다물었다.

신을 발견하는 것

두 사람이 계곡을 걸어가고 있었다. 갑자기 한 사람이
손을 들어 가리키며 이렇게 말했다.

"은자의 오막살이가 보이는가? 저기에는 오래전부터
세상과 인연을 끊은 사나이가 살고 있지. 그는 오직
신만을 찾으면서 이 세상의 다른 것에는 눈도 돌리지
않아."

다른 남자가 말했다.

"그는 결코 신을 발견할 수 없을 거야. 그가 암자와
암자를 전전하는 고독을 버리고, 우리와 함께 기쁨과
슬픔을 나누어 가지며, 혼례와 축하연에서 손에 손을
잡고 함께 춤추며, 죽은 자의 관을 부여잡고 흐느끼는
사람들과 함께 흐느낄 수 있을 만큼 우리의 세계로
돌아올 때까지는."

첫 번째 남자는 마음속에 확신을 가지고 있었다.
그러나 그는 자신의 확신에도 불구하고 이렇게

대답했다.

"자네 말에 전적으로 동의하네. 하지만 난 은자가 선한 존재라는 걸 믿지. 세상을 등지고 사는 이의 존재란 겉으로만 선함을 드러내 보이고 사는 우리보다 어쩌면 더 선함을 이루는 삶일지 모르니까."

강

커다란 강이 흐르는 카디샤 계곡에서 두 줄기의 작은
개울이 만나 서로 이야기를 나누었다.

개울 하나가 말했다.

"친구여, 어떻게 여기까지 오셨는가? 그대가 걸어온
길은 어떠했는가?"

다른 개울이 말했다.

"나의 길은 험하고도 험했다오. 방앗간 물레방아는
부서져 있었고 이전에 수로를 따라 곡식이 자라는
밭으로 나를 인도해 주었던 농부도 이미 세상을
떠나고 말았지요. 그저 앉아서 자신의 게으름을 햇빛
속에서 태우기만 하는 사람들의 오물에 몸을 부비며
발버둥 치면서 여기까지 흘러왔어요. 형제여, 그대의
길은 어떠했소?"

"나는 그대와는 다른 길을 걸었습니다. 나는 향기로운
꽃과 부끄러움을 타는 듯한 수양버들 사이를 뚫고

언덕을 내려왔습니다. 남자와 여자가 은그릇으로 나를
떠 마셨지요. 그리고 어린아이들이 장밋빛 발로
물장구를 치며 얕은 곳을 걸었고, 내 주위에는 웃음과
감미로운 노랫소리가 있었지요. 당신의 길이 그렇게
험했다니, 참 안됐군요."

바로 그때 강이 커다란 목소리로 말했다.

"여기로, 여기로 오라. 바다로 가자. 오라, 오라, 더는
아무 말도 말라. 자, 나의 품으로 들어오라. 우리는
바다로 가는 것이다. 오라, 오라, 그대들은 내 속에서
슬픔이기도 하고 기쁨이기도 하나니, 지금까지의
방랑을 잊으라. 오라, 오라, 그리하여 어머니 바다의
품에 안겼을 때 그대들도 나도 이 길의 모든 것을
잊으리니."

두 사냥꾼

5월 어느 날, 기쁨과 슬픔이 호숫가에서 만났다.
그들은 서로 인사를 나누고 조용한 호숫가에 앉아
이야기를 나누었다.
기쁨은 지상의 아름다움에 대해, 숲과 언덕에서
살아가는 하루하루의 경이에 대해, 그리고 새벽
하늘과 석양에 울려 퍼지는 노래에 대해 말했다.
슬픔도 이야기를 했고, 기쁨이 말한 모든 것에
동의했다. 왜냐하면 슬픔은 시간의 마술과 그
아름다움을 잘 알았기에, 슬픔이 언덕과 들판의 5월에
대해 말할 때 그의 말은 웅변적이었다.
기쁨과 슬픔은 함께 긴 시간 동안 이야기를 나누었고,
그들이 아는 모든 것에 대해 의견의 일치를 보았다.
그런데 호수 저편에 두 사냥꾼이 지나가고 있었다.
호수 건너편을 보며 한쪽이 이렇게 말했다.
"저 두 사람은 누구지?"

"두 사람이라고? 나는 한 사람으로 보이는데."

"아냐, 두 사람이야."

"나는 한 사람만 보이는데. 게다가 호수에 비친

그림자를 봐. 하나뿐이잖아."

"아니, 둘이야."

"고요한 호수에 비친 그림자를 보라고. 하나뿐이잖아."

"아니, 둘이야." 처음의 사냥꾼이 다시 말했다.

"고요한 호수에 비친 모습도 둘이야."

다른 한 사람도 다시 이렇게 말했다.

"한 사람밖에 보이지 않아."

다시 다른 쪽이 말했다.

"나는 확실히 둘로 보여."

한 사냥꾼은 친구가 사물을 이중으로 보고 있다고

생각했고, 다른 한쪽은 이렇게 중얼거렸다.

"이 친구는 눈이 나쁜 것 같군."

또 다른 나그네

옛날 어느 날, 나는 어떤 사람과 여행을 떠났다. 그는
조금 정신이 이상해져서 내게 이렇게 말했다.
"나는 방랑자, 때때로 나는 피그미족 사이를 누비듯이
지상을 걸어가는 것 같아. 내 머리가 그들보다
30미터나 높이 솟아올랐기에 나는 더 자유롭게 사고할
수 있어. 그러나 실제로 나는 그들 사이를 걸어가는
것이 아니라 그들 위를 걸어가는 거야. 그래서
그들에게 보이는 것은 넓고 넓은 들판에 남겨진 내
발자국뿐이지. 때로 나는 그들이 내 발자국에 대해
논쟁을 벌이는 소리를 들어. '이건 태곳적에 지상을
걸어 다니던 매머드의 발자국이다'라고 말하는 사람이
있는가 하면 '아니 이것은 저 먼 별에서 떨어진 별똥의
흔적이다'라고 말하는 사람도 있어. 그러나 친구여,
그대는 그것이 방랑자의 발자국이라는 것을 알 거야."

옷

옛날 아름다움과 추함이 바닷가에서 만났다.

"헤엄이나 칠까?"

둘은 옷을 벗고 물속으로 들어갔다. 잠시 후 추함이
백사장으로 나와 아름다움의 옷을 입고 그냥
가 버렸다.

이어서 아름다움이 백사장으로 올라왔지만 자기 옷을
찾을 수가 없었다. 그녀는 벌거벗고 있는 게 너무
부끄러워 추함의 옷을 걸쳤다. 그리고 가야 할 길을
갔다.

그때부터 오늘날까지 남자 여자 할 것 없이
아름다움과 추함을 거꾸로 보게 되었다.

그러나 개중에는 아름다움의 얼굴을 본 사람도 있어
아름다움의 옷으로 아름다움을 찾지 않는다. 또
개중에는 추함의 얼굴을 아는 사람도 있어, 그
아름다운 옷으로도 그들의 눈을 피할 수 없다.

사랑과 미움

여자가 남자에게 말했다.

"사랑해."

남자가 말했다.

"그건 내가 당신의 사랑을 받기에 합당하다는 뜻이지."

여자가 말했다.

"나를 사랑하는 거야?"

남자는 여자를 가만히 바라만 볼 뿐 아무 말도 하지
않았다.

여자가 큰 소리로 외쳤다.

"당신 같은 사람, 꼴도 보기 싫어!"

남자가 말했다.

"그건 내가 당신에게 미움 받기에 합당하다는 뜻이지."

만월

둥근 달이 마을 위로 둥실 떠오르자 마을의 개라는
개는 모두 달을 향해 짖어대기 시작했다.

오직 한 마리 개만이 짖지 않고 위엄 가득한 목소리로
말했다.

"그녀의 고요한 잠을 깨워서는 안 돼. 그렇게 짖어서
달을 이 땅으로 끌어내려서는 안 되는 거야."

그러자 모든 개가 엄숙한 침묵 속에 잠겼다. 그러나
개들을 침묵하게 만들었던 그 개는 고요를 위해 밤이
새도록 짖어댔다.

쥐와 고양이

어느 날 저녁 시인과 농부가 만났다. 시인은
서먹서먹해 했고 농부는 부끄러움을 탔지만 그래도
둘은 대화를 나누었다.

농부가 말했다.

"얼마 전에 들은 짧은 얘기 하나 할게요. 쥐가 덫에
걸린 채 그 안에 든 치즈를 맛있게 먹고 있는데
고양이가 나타났어요. 쥐는 잠시 부들부들 떨다가, 덫
안이라서 오히려 안전하다는 것을 알았지요. 고양이가
말했어요. '어이, 친구, 그게 최후의 만찬이야.' 쥐는
그렇다고 대답했지요. '난 하나의 생명을 가졌기에
하나의 죽음을 맞겠지. 그런데 넌 아홉의 생명을
가졌다고들 하더군. 그럼 넌 아홉 번을 죽어야 한다는
거 아냐?'"

그리고 농부는 시인에게 이렇게 말했다.

"참 기묘한 이야기 아닌가요?"

그러나 시인은 아무 말도 하지 않았다. 그는 그 자리를
떠나면서 속으로 중얼거렸다.

'물론 우리는 아홉 번을 살아. 분명 아홉 번이야.
그리고 우리는 아홉 번 죽지. 하지만 덫에 걸려들어
치즈 한 조각으로 최후의 만찬을 즐겨야 하는 단 한
번의 농부의 삶보다는 나은지도 몰라. 우리는
사막이나 정글의 사자와 같은 종이 아니던가?'

저주

옛날 나이 든 뱃사람이 내게 이런 말을 했다.

"삼십 년 전에 뱃놈이 내 딸을 데리고 도망쳐 버렸어.
난 두 인간을 저주했더랬지. 난 이 세상에서 오직 딸
하나만을 사랑했는데.

그러고 나서 얼마 뒤 젊은 선원은 배와 함께 바다에
가라앉고 말았지. 그놈과 함께 내 사랑스런 딸도 가
버리고 말았어.

그러니 내 속에는 그 놈과 내 딸을 죽인 살인자가 살고
있는 셈이야. 내 저주가 두 사람을 죽이고 말았어.

나도 이제 죽어 가는 몸. 신께 용서를 빌 따름이라네."

노인의 이야기를 그러했다. 하지만 그의 말에는
어딘지 모르게 자부심이 배어 있었다. 마치 자신이
가진 저주의 힘을 자랑이라도 하는 듯.

무비판적 삶에 일격을 가하는 우화의 맛!

칼릴 지브란은 1883년 현재의 레바논(당시는 영연방 시리아의 한 지역) 산간지방 비샤리에서 태어났다. 아홉 살 때 부모를 따라 미국 보스턴으로 이민을 떠났다가 12세에서 17세까지 모국으로 돌아와 아라비아어로 고등교육을 받았다. 이 시기에 저 유명한 《예언자》의 초고를 완성했다.

1903년에는 다시 미국으로 건너가 2년 후 아라비아어로 쓴 산문시 〈음악〉으로 문단에 데뷔했다(22세). 그리고 1908년, 파리로 건너가 미술학교에 다니면서 로댕을 사사하고 음악가 드뷔시 등과도 교유했다. 로댕은 미술뿐만 아니라 문학에서도 뛰어난 재능을 가진 지브란을 지극히 사랑하여 그를 현대의 윌리엄 블레이크라 격찬했다.

지브란은 프랑스에서 자신이 그린 그림으로 전람회도 열고 화집도 출간했다. 1910년 미국으로 돌아온 지브란은 미국에 거주하는 아라비아 이민문학자 모임에서 중심적인 역할을 한다.

그러나 1918년 영어로 쓴 최초의 작품 〈미친놈〉을 발표하면서 아라비아 민족주의 문학자들로부터 격렬한 비난을 받았다. 이것을 계기로 그의 작품 활동은 모국어인 아라비아어에서 영어로 옮겨 가게 된다.

1923년, 드디어 그는 20년 동안 추고에 추고를 거듭한 《예언자》를 출판하기에 이른다. 이것이 일약 베스트셀러가 되면서 칼릴 지브란의 이름은 전 세계로 퍼졌다. 이후 《사람의 아들 예수》(1928), 《대지의 신들》(1931)과 같은 걸작을 연이어 발표했다.

그는 친구들에게 언제나 니체를 읽어 보라고 권할 정도로 니체에 깊이 경도했다. 특히 《짜라투스트라는 이렇게 말했다》에 대한 그의 사랑은 특별한 것이었다고 한다. 그리고 그도 니체처럼 잠언과 우화를 만들어 내는 데에 뛰어난 자질을 보였다. 그는 1931년 4월, 48세의 젊은 나이에 뉴욕의 한 병원에서 생을 마감했다.

칼릴 지브란이 만들어 낸 우화는 이 책에 수록된 세 작품집,《미친놈》(1918),《선구자》(1920),《나그네》(1932)뿐이다.

우화나 잠언을 읽는 재미는 그것이 우리의 일상적 사고 구조에 반역을 일으키게 한다는 데 있을 것이다. 무엇인가로부터 일탈하기를 은근히 유혹하는 어떤 위험한 도전 같은 것을 느끼게 하는 문학 장르라고 할 수 있다. 그러나 동시에 우화는 웃음을 자아내게 하면서도 잠언만큼 강렬한 메시지도 전달한다. 관성으로 그냥 달리고 있던 우리의 일상 의식의 작은 틈을 비집고 들어와, 우화는 나의 어리석음과 터무니없이 무반성적인 삶의 태도에 강렬한 일격을 가하는 충격요법적 문학이다. 그 충격이 강하면 강할수록 우리는 자유로워졌다는 쾌감을 가지게 된다. 우화를 열심히 읽고 난 후 왠진 모르지만 내가 도사와 비슷해진 것이 아닌가 하는 기분을 맛보는 것도 순간적으로 자유를 누린 의식의 기억 때문이 아닐까. 역자의 생각으로는 우화를 읽고 나서 자신이 도사처럼 느껴지는 사람일수록 작품을 정확하게 읽은 사람이다. 그리고 그런 감정을 느끼게 하는 작품일수록 멋진 작품이다.

아마도 칼릴 지브란은 이 책에 등장하는 한 인물처럼 '무'(無)를 배경에 두고 늘 현재를 가늠하며 살아가는 인물이었던 것 같다.

몽유병자들

칼릴 지브란의 철학 우화

초판 1쇄 발행	2017년 3월 23일
지은이	칼릴 지브란
옮긴이	양억관
편집	김영미
북디자인	정은경디자인
펴낸곳	이상북스
펴낸이	송성호
출판등록	제313-2009-7호(2009년 1월 13일)
주소	03970 서울특별시 마포구 성미산로 5길 72-2, 2층.
전화번호	02-6082-2562
팩스	02-3144-2562
이메일	beditor@hanmail.net

ISBN 978-89-93690-44-6　 (03810)